Des nouvelles de Bob

Il n'y a pas que dans ce livre
qu'il y a de bonnes nouvelles (! ! ? ?),
il y en a aussi sur notre site :
www.soulieresediteur.com

Robert Soulières

Des nouvelles de Bob

(ce sont des nouvelles et non un roman
au cas où vous ne l'auriez pas remarqué !)

SOULIÈRES
ÉDITEUR
www.soulieresediteur.com

case postale 36563 — 598, rue Victoria
Saint-Lambert (Québec) J4P 3S8

Soulières éditeur remercie le Conseil des Arts du Canada et la SODEC de l'aide accordée à son programme de publication et reconnaît l'aide financière du gouvernement du Canada par l'entremise du Fonds du livre du Canada (FLC) pour ses activités d'édition. Soulières éditeur bénéficie également du Programme de crédit d'impôt pour l'édition de livres — Gestion Sodec — du gouvernement du Québec.

Dépôt légal : 2014
Bibliothèque nationale du Canada
Bibliothèque nationale du Québec

Catalogage avant publication de Bibliothèque et Archives nationales du Québec et Bibliothèque et Archives Canada

Soulières, Robert

Des nouvelles de Bob
(Collection Graffiti ; 84)
Pour les jeunes de 11 ans et plus.
ISBN 978-2-89607-260-6
I. Titre. II. Collection : Collection Graffiti ; 84.

PS8587.O927D47 2014   jC843'.54   C2013-942297-8
PS9587.O927D47 2014

Illustration songée de la couverture :
Carl Pelletier (Polygone studio)

Conception graphique de la couverture :
Annie Pencrec'h

À ma grande amie
Francine Vallée,
affectueusement surnommée F2

« J´suis snob... J´suis snob
J´m´appelle Patrick, mais on dit Bob. »

tiré de la chanson
J´suis snob de Boris Vian

Préface

ou avant-propos ou liminaire ou présentation ou encore préambule, prologue, introduction ou encore avis préliminaire, ou plus savamment prolégomènes (vive les dictionnaires de synonymes !) ou simplement notice.

Faites votre choix.

Un de mes amis me disait : « Robert si tu veux une préface pour un de tes livres, vaut mieux que tu l'écrives toi-même. »

C'est ce que je vais tenter de faire. Par contre, en me basant sur ma propre expérience, je sais pertinemment qu'on ne lit pas, sinon que très rarement, les préfaces, ou bien on les lit après avoir terminé le livre si on n'a pas autre chose à faire.

Quoi qu'il en soit, il est déjà trop tard, vous êtes rendu-e ailleurs (à la page 17 par exemple) et moi, je suis en train d'écrire cet avant-propos.

C'est par un souci économique et un fort sentiment altruiste (si, si, si !) que j'ai rassemblé ici 15 de mes nouvelles sur la quarantaine que j'ai écrites au fil des ans. Coquetterie littéraire me diront certains, exposition de l'ego me diront d'autres et, certains, plus envieux et méchants, ajouteront dans un murmure très audible : une chance qu'il les édite lui-même parce que sinon...

Mais revenons au plan économique : 15 nouvelles éparpillées dans 15 ouvrages différents et dont plusieurs sont épuisés depuis longtemps ça nous donne, à raison de 11,95 $ en moyenne par bouquin : 188,21 $ avec la tps ; ce n'est pas donné. Mais bon, les mots, comme le pétrole, ont un prix. Elles sont regroupées ici pour votre bon plaisir pour la modique somme de 15,69 $ avec la tps, ça revient à 1,04 $ la nouvelle. Ce n'est pas cher payé, surtout si vous empruntez le livre à la bibliothèque ou que vous l'achetez en format numérique.

Regrouper ce que l'on a rédigé au fil des ans, de 1987 à 2013, apporte un certain plaisir. Un regard en arrière, pas trop prolongé, nous donne la mesure du chemin parcouru ou de sa stagnation ou encore de l'état de notre médiocrité qui ne cesse de s'affirmer d'année en année et de livre en livre !

Comme Patrick Modiano, un écrivain français, racontait dans une entrevue : « Parce qu'à trop se pencher sur ce qu'on a écrit, on se retrouve paralysé. Il faut éviter de trop regarder en arrière... » et il a bien raison. C'est pourquoi, à la relecture de mes nouvelles, je n'ai pas tenté de les réécrire, même si je me suis aperçu que je me répétais parfois. Bref, je n'ai presque rien changé sauf un mot par-ci, par-là. Pour garder la saveur du temps s'il y en avait une, pour figer la nouvelle en restant fidèle à ce que j'étais, fidèle à l'époque aussi, je ne sais pas. Par contre, par plaisir, j'ai ajouté une dédicace pour chaque nouvelle lorsqu'il n'y en avait pas et je vous présente ça en ordre chronologique de parution.

Au final, malgré cette diversité, on remarque (si vous êtes attentif !) une certaine homogénéité : plus d'amour que d'humour, et les relations gars-filles sont très souvent au coeur des nouvelles. C'est ce dont je me suis aperçu. Étonnamment. Sans doute suis-je plus romantique qu'humoriste, du moins à mes débuts.

Finalement, - vous êtes sans doute rendu-e maintenant à la page 21 - je me rends compte que j'ai pris plaisir à resituer l'époque de l'écriture de la nouvelle, en quelques mots, en espérant que cela ne vous ennuiera pas trop. Derrière chaque nouvelle, il y a toujours l'histoire de sa création...

Cela dit, à travers cette assez lente évolution, il y a toujours eu les mots, le besoin de dire, de raconter. Raconter pour éblouir, pour séduire et pour se faire aimer. On écrit avant tout, du moins dans mon cas, pour se faire aimer et, aimé, on ne l'est jamais assez, ou pas de la bonne façon, et il faut faire avec. Alors, on continue d'écrire pour ceux qui aiment bien nous lire. J'écris donc je suis... Quant aux autres, ceux qui n'aiment pas notre style, notre propos, notre façon de voir le monde, il est trop tard pour réussir à les séduire. J'écris donc pour ceux qui aiment me lire.

Enfin, il me fait plaisir de souligner ici la réalisation de la couverture de Carl Pelletier, un illustrateur québécois très talentueux, qui a su, en un éclair, résumer le propos de ce recueil : repasser, repasser sur ce qu'on a écrit, en essayant, bien en vain, d'effacer quelques défauts, les mauvais plis que l'on prend au fil des ans.

Bref, cet inventaire n'en est pas tout à fait un, car il est forcément incomplet, et l'important, à vrai dire, c'est toujours le prochain roman, la prochaine nouvelle, la prochaine histoire. Mais il n'est pas défendu de jeter un regard en arrière, avec... un certain sourire.

Bonne lecture,

Votre écrivain préféré et adoré
Robert Soulières, dit le vieux Bob

Questions et réponses : Étais-je obligé-e de lire cette préface ? : NON.
Suis-je obligé-e de lire toutes les nouvelles ? : NON.

Dois-je les lire dans l'ordre ? : NON.
Suis-je obligé-e de lire la section intitulée À PROPOS à la fin de chaque nouvelle ? : NON.
Suis-je obligé-e de lire le mot de l'auteur à la fin du livre ? : NON.
Suis-je obligé-e de découper sa photo pour la mettre sur le mur de ma chambre ? NON.

Alors, si vous n'êtes pas obligé-e de lire la préface, les nouvelles dans l'ordre ou dans le désordre et les notes à la fin des nouvelles, ni de lire le mot de l'auteur et de découper sa photo, reposez ce livre immédiatement là où vous l'avez pris. Ce livre n'est pas pour vous.

j'Aurai Ta peau mon salAud !

1

IL ÉTAIT UN PEU MOINS DE HUIT HEURES. La circulation, sur le boulevard Henri-Bourassa, comme toujours, était lente. Lente comme cette pluie qui n'en finissait pas de tomber depuis trois jours. La pluie était sur toutes les lèvres. Sujet de conversation banal, mais pratique, lorsqu'on n'a rien à dire.

Pour Giuseppe Benetto, cependant, cette pluie représentait le moindre de ses soucis. Ce matin, il tenait entre ses doigts le but de sa vie. Entre ses mains larges et puissantes, il détenait fermement sa prochaine victime. Ses mains épaisses et poilues serraient de plus en plus fort cette gorge rose si délicate.

Une tête au regard inquiet le fixait. Des yeux noirs demandaient quand cette salope de vie allait se terminer. Dans la petite pièce, on aurait cru entendre son cœur battre. Ses paupières s'ouvraient et se fermaient à la vitesse de l'éclair regardant tour à tour le bourreau et le plafond, ne sachant pas vraiment où se poser.

Giuseppe Benetto retenait son souffle. On a beau dire que ce n'est pas la première fois, ça fait toujours un pincement au cœur de voir la vie s'envoler. Benetto maîtrisa avec plus de vigueur ce corps innocent. Puis, d'un geste rapide, il lui assena un solide coup de couperet. Un cri affreux retentit dans toute la pièce. Le sang gicla partout, sur ses mains, sur son pantalon et sur ses souliers.

Le porcelet mourut aussi sec.

Giuseppe Benetto élevait l'été deux ou trois porcelets dans l'arrière-boutique et les abattait pour les grandes occasions. Ce soir, sa fille unique, de retour d'Europe, venait souper.

Giuseppe Benetto, de l'épicerie-boucherie du même nom, continua de travailler en silence. Il avait toujours été taciturne. Mais, depuis quelques jours, il l'était davantage. Il était même d'humeur massacrante. Il n'ouvrait maintenant la bouche que pour le strict minimum : répondre aux commandes des clients et adresser des ordres plutôt secs à ses quatre employés : Marie Fiori, la jeune caissière, Luc Falardeau, le livreur, Roland Godard, l'assistant-boucher et Bruno Constantin, son homme à tout faire.

D'ailleurs, les employés ne comprenaient pas tellement bien ce nouvel état... devenu permanent depuis une semaine. Une peine d'amour ? Sûrement pas. Sa femme était partie depuis deux ans et Giuseppe l'avait déjà remplacée et dans son cœur et dans son lit. Des ennuis d'argent ? Non, le commerce, sans rouler sur l'or, était florissant. Des ennuis de santé ? Difficile à croire. Le boucher, fort comme un cheval, pouvait soulever un quartier de bœuf à lui tout seul.

Non, les quatre employés ne parvenaient pas à comprendre cette recrudescence d'agressivité de leur patron.

La facteure arriva.

Giuseppe jeta un coup d'œil à sa montre, 8 h 45.

— Toujours à l'heure celle-là, observa-t-il.

— Bien l'bonjour, monsieur Benetto.

— B'jour.

— J'ai du courrier intéressant pour vous aujourd'hui. Une lettre d'Italie… et des factures aussi, que voulez-vous c'est la vie ! Bonne journée à tous. À demain.

La facteure avait mis la lettre d'Italie sur le dessus, comme pour faire plaisir à M. Benetto. Cette lettre, Giuseppe la lirait tranquillement ce soir, en buvant un bon petit verre de vin maison.

Le boucher prit le tas d'enveloppes et le feuilleta en regardant avec rapidité le nom des expéditeurs qui annonçaient déjà le contenu : MasterCard, Ultramar, Hydro-Québec, des fournisseurs de viandes en gros et… cette enveloppe beige sable. Il l'aurait reconnue entre mille. En haut à gauche, il n'y avait aucune inscription. Cette maudite lettre beige, il n'avait pas envie de l'ouvrir, mais c'était plus fort que lui, la curiosité l'emportait.

Avec ses gros doigts maladroits, il déchira l'enveloppe précipitamment.

— Ah ! non, grommela-t-il. *Porca miseria*, mais qui me veut du mal à ce point ?

À l'intérieur, sur une feuille blanche, avec ces mots volés dans un journal et collés un à un : « J'AURAI TA PEAU MON SALAUD ! »

Le boucher replia la feuille et la remit dans l'enveloppe. En serrant les dents et en retenant du mieux qu'il pouvait la colère qui montait en lui, Giuseppe alla la ranger avec les cinq autres reçues la semaine dernière. Toutes, essentiellement, affichaient le même discours. Quelques mots, parfois plus : GARDE TA VIANDE AVARIÉE POUR TOI. COMMENT FAIS-TU POUR VIVRE DE LA MORT DES BÊTES ? BAISSE TES PRIX SINON GARE À TOI ! SALE BOUCHER DE MILAN ! GROS PORC !

Giuseppe les mit dans une petite boîte en carton qu'il déposa dans le dernier tiroir du classeur. Puis il tourna la clé.

Aujourd'hui, Giuseppe Benetto en avait assez. Il prit le bottin téléphonique et le rabattit violemment sur le bureau.

— *Santa Madonna ! Santa Madonna !* répéta-t-il en tournant les pages une à une.

2

Gilbert Millaire[*], tasse de café à la main, était appuyé contre le cadre de la porte de la chambre de son fils Martin. Lentement, comme s'il avait toute la vie devant lui, il porta la tasse à ses lèvres. Puis il dit :

— Ça va à l'école ?

— Ouais, ça va.

— Beaucoup de travail ?

— Pas mal, je fais un travail de recherche sur le libre-échange avec Nicolas et Stéphanie.

— Pas facile comme sujet.

— Non, vraiment pas. Mais comme cette question est vraiment d'actualité, je trouve que c'est important de s'y intéresser.

— Tu as raison… mais je me sens tellement loin de tout ça, ces temps-ci ! Je suis beaucoup plus préoccupé par l'idée de trouver des contrats que de lire les éditoriaux concernant la politique nationale et internationale, d'autant plus que mon contrat de surveillance chez

* Gilbert Millaire, détective privé de son métier, et Martin sont deux personnages précédemment apparus dans un roman du même auteur, intitulé *Casse-tête chinois*, publié aux éditions Pierre Tisseyre, en 1985, et réédité chez Soulières éditeur en 2008.

Eaton[*] vient de prendre fin. Je songe sérieusement, tu sais, à vendre ma voiture pour économiser, faire un peu d'argent, afin de joindre les deux bouts.

— Vendre ta voiture, mais tu n'y penses pas. Si je pouvais t'aider…

Gilbert esquissa un sourire en déposant la tasse sur sa soucoupe, heureux de voir que son fils sympathisait avec ses problèmes.

Martin regarda sa montre qui venait de faire un « un bip ».

— Bon, vite, il faut que j'me sauve. Je vais être en retard à l'école. Salut !

— Salut, à ce soir. Je t'attends pour souper, ne tarde pas trop.

— Okay !

Avant de partir pour le bureau, Gilbert ramassa ce qui traînait un peu partout dans la maison. Il évita de faire la même chose dans la chambre de Martin où un incroyable désordre régnait en maître, comme si Martin se faisait un plaisir de ne rien ranger. Sur son bureau, des piles de journaux, des revues, une paire de ciseaux, un *walkman*, sept ou huit cassettes rock, un peu de monnaie et, sur un coin du bureau, prêt à tomber par terre, le fameux

---

* C'était un grand magasin à rayons du centre-ville de Montréal, disparu en 1999, après 130 ans d'existence, tout comme son rival québécois, Dupuis et Frères, qui a fermé ses portes après 110 ans, en 1978.

dossier portant l'inscription au feutre « Le libre-échange ». La recherche paraissait effectivement volumineuse et comprenait sûrement plusieurs articles de journaux et des éditoriaux. Mais Gilbert se garda bien d'entrer dans cette écurie pour ne pas contrarier Martin. Si ce dernier s'en apercevait, il crierait au sacrilège.

Puis Gilbert se dirigea vers la salle de bains. Le téléphone sonna.

— Oui, répondit-il, visiblement dérangé.

— C'est Giuseppe Benetto, votre boucher. J'aimerais vous parler tout de suite. C'est important et… personnel.

— Très bien, j'arrive immédiatement, dit Gilbert, déjà intrigué par le ton de M. Benetto.

3

— Si je vous ai téléphoné, monsieur Millaire, c'est que je vous connais bien en tant que client et que je suis persuadé que vous êtes capable, à titre de détective privé, de régler mon problème.

Gilbert approuva d'un hochement de tête, anxieux de connaître la suite.

— C'est la sixième lettre anonyme que je reçois, monsieur Millaire. La sixième ! En autant de jours. Il y a de quoi être inquiet ou paranoïaque, non ? confia le boucher, à voix basse.

— Oui, je suis de votre avis. Et vous avez des soupçons ?

— Vous savez, avec le sale caractère que j'ai, je pourrais soupçonner la moitié de la population de la ville de Montréal…

— Rien que ça, blagua Gilbert.

— Ne plaisantez pas, monsieur Millaire. J'ai du mal à dormir. Je me demande bien qui peut m'en vouloir à ce point. Un jour, les menaces cesseront et lui ou elle passera aux actes. « Sale Italien ! », moi qui croyais que le Québec était une terre hospitalière, ouverte aux étrangers. Pourquoi être si méchant avec nous ? Que nous soyions italiens, haïtiens ou tamouls, nous avons droit au respect.

— Bien sûr, monsieur Benetto. Mais il ne faut pas généraliser, poursuivit Gilbert pour le calmer un peu. Il s'agit ici d'un seul individu.

— … me faire ça à moi, continua le boucher sans rien entendre, me faire ça à moi *'sti sporcanioni !* J'habite le Québec depuis plus de vingt ans…

— Monsieur Benetto, je vous arrête. Il ne s'agit ici que de gros mots et non, à proprement parler, de menaces de mort.

— …

— On n'a pas encore tenté, à ce que je sache, de mettre le feu à votre commerce ou de fracasser une de vos vitrines.

— Non, pas encore, mais ça ne devrait pas tarder, je le sens. Avec la fréquence de ces lettres…

Puis, après un court moment de silence, M. Benetto proposa :

— Je vous offre mille dollars si vous démasquez le mauvais plaisantin. Je n'en dors plus, monsieur Millaire. Mettez-vous à ma place une minute.

— Je conviens avec vous qu'il ne faut pas prendre à la légère ces lettres anonymes. J'accepte votre proposition. Confiez-moi vos lettres, je vais les examiner. De plus, fournissez-moi la liste des principaux clients avec lesquels vous avez eu de petits écarts de conduite verbaux, disons, ainsi que la liste de vos principaux fournisseurs. Une fois cette première étape franchie, nous devrions y voir plus clair. Faites-moi confiance, vous aurez des résultats rapidement.

Gilbert prit quelques secondes pour regarder le pauvre boucher en face de lui. Complètement désarmé, impuissant. Giuseppe Benetto, habituellement si sûr de lui et maintenant soudainement si faible. Faible et fragile. Ce colosse, perdu devant six petites lettres anonymes.

— Soupçonnez-vous quelqu'un parmi vos employés ?

— Non, pas véritablement. Bien sûr, je suis sans doute un peu dur, un peu sévère avec eux, on ne se refait pas vous savez. Pas à mon âge. Je ne suis pas le patron idéal, mais ils me sont fidèles et ils m'acceptent tel que je suis. Enfin, je pense. Ça ne doit pas être facile tous les jours. Vous pouvez tous les questionner si vous le voulez.

— Je n'y manquerai pas.

Gilbert Millaire se leva et sortit du petit bureau. Avant de franchir le seuil, il se retourna pour donner une poignée de main à son nouveau client. Les rôles étaient inversés, cette fois. Gilbert sentit sa main fondre littéralement dans celle du boucher. Elle était soudainement devenue minuscule.

— Rassurez-vous, je m'occupe de tout. Et dites-vous bien une chose : au moins, le facteur ne passe qu'une seule fois par jour.

— Merci pour cette précision, répondit l'Italien en montrant son sourire jaunâtre.

Avant de quitter l'épicerie-boucherie, Gilbert rencontra à tour de rôle les quatre employés. Luc Falardeau livrait ses commandes, mais les trois autres étaient là.

Quelques minutes lui suffirent pour s'apercevoir que les employés présents n'avaient probablement rien à voir avec l'affaire des lettres anonymes. Mais Gilbert Millaire ne mettrait pas sa main au feu en ce qui concernait Bruno. Bien sûr, c'était un charmant jeune homme, mais il était aussi le souffre-douleur du patron ; la cruauté des faibles peut parfois mener loin.

— Voici les listes que vous m'avez demandées, monsieur Millaire, dit le boucher en lui tendant quelques feuilles.

— Merci.

— En sortant de l'épicerie, Gilbert constata avec bonheur que Giuseppe Benetto était encore d'excellente humeur.

— Maudite porte ! *Minchione* ! Bruno, je t'avais pourtant dit et je te l'ai répété cinquante fois, fais réparer la porte du frigidaire principal ! Un jour, elle restera coincée pour de bon.

— Bien, patron, murmura Bruno, en se confondant en excuses. Bien, je m'en occupe aujourd'hui même. J'étais tellement débordé que je n'ai pas pu.

— Ce n'est pas une raison, *malcalzone* ! cria de nouveau le boucher.

Bruno Constantin baissa les yeux et continua à désosser le quartier de veau qu'il avait devant lui. Il marmonna, sans que personne ne l'entende, une phrase comme « si je n'avais pas autant besoin de travailler, ça ferait longtemps que... » Une phrase épicée de jurons bien québécois.

4

Les recherches de Gilbert Millaire furent menées rapidement et se révélèrent fructueuses, bien que négatives. Il est toujours important d'écarter plusieurs hypothèses avant d'arriver à une solution. Gilbert avait appris beaucoup, mais pas assez pour le mener d'un seul coup au coupable ou à la coupable.

Une chose était admise par tous. M. Giuseppe Benetto, s'il possédait la force du cheval, avait aussi hérité d'un caractère de chien. La majorité des clients et des clientes rejoints étaient d'accord là-dessus. D'autre part, M. Benetto était un excellent boucher. Même après toutes ces années, la passion du métier l'animait encore. Le boucher d'origine milanaise exécutait avec plaisir et empressement toutes les commandes spéciales, que ce soit pour de l'agneau, du veau, un canard ou un lapin. Il fournissait au client ce qu'il désirait au moment voulu et donnait même, en prime, quelques conseils judicieux pour réussir l'*osso buco* à la perfection. M. Benetto n'avait pas que des défauts, il possédait aussi des qualités. Il fallait prendre le temps de les découvrir. Côté clients donc, pas de découverte stupéfiante.

Quant à ses prix, ils étaient excellents, c'est ce qui lui assurait d'ailleurs la fidélité de sa grande clientèle. Et son magasin était toujours propre, étonnamment propre même, pour une boucherie de quartier.

Côté fournisseurs, pas de problèmes majeurs non plus. M. Benetto payait régulièrement ses factures. Quant aux lettres anonymes proprement dites, rien non plus. Elles avaient toutes été postées à Montréal, à la même succursale. Inutile de penser aux empreintes digitales, elles étaient trop nombreuses. En ce qui concernait les lettres elles-mêmes, elles ne comportaient aucune empreinte. On avait évidemment utilisé des gants pour les composer et les insérer dans l'enveloppe. Le problème, malgré le travail qui avançait, restait entier.

Tout en descendant l'escalier pour aller faire une course, Gilbert Millaire réfléchissait. Peut-être que quelques spéculateurs fonciers voulaient faire peur à Giuseppe et acheter son commerce à peu de frais ? Avec la récente vogue des condos à Montréal, c'était possible. Ou encore, un voisin ambitieux qui voulait agrandir son commerce.

Puis, un mot magique de cinq lettres éclaira l'esprit de Gilbert. Comment n'y avait-il pas pensé plus tôt ? Voulant en avoir le cœur net, il bifurqua illico vers le commerce de son boucher préféré. Gilbert accéléra son pas. Et c'est presque au pas de course qu'il traversa le seuil de la boucherie de Giuseppe Benetto.

Une odeur de volaille fraîche lui monta aux narines.

5

Quelques clients étaient là et attendaient patiemment de se faire servir, analysant une dernière fois leur choix et biffant des notes sur leur liste d'emplettes.

— Combien votre saucisson de Bologne ? demanda la dame en s'étirant sur la pointe des pieds et en déposant son menton sur le comptoir.

— C'est 3,92 $ le kilo, madame. C'est en spécial cette semaine !

— C'est cher quand même, répondit-elle. À la boucherie Sansouci, le saucisson est soixante-six sous de moins le kilo.

— Eh bien ! Ma petite dame, s'exclama Giuseppe dans une forme splendide, si chez les Sansouci le saucisson est soixante-six sous de moins, c'est sûr qu'ils n'en ont plus et si je n'en avais plus, moi aussi, je le vendrais à ce prix-là !

Et tac !

— Et même moins cher, ahahah ! ajouta le boucher.

La pauvre dame cligna des yeux à trois reprises et poussa son panier jusqu'à la caisse avec la ferme intention de ne plus remettre les pieds dans cet établissement.

Gilbert Millaire s'approcha à son tour du comptoir.

— Bruno ! vociféra le patron, Bruno, viens me remplacer quelques minutes. M. Millaire veut me parler.

À peine entrés dans le petit bureau de monsieur Millaire, Gilbert attaqua :

— Eh ben ! Si vous traitez toutes vos clientes comme ça, il ne vous en restera pas beaucoup à la fin de l'année !

— Des clientes comme elle, rétorqua le boucher, on en a toujours trop. Elles ne viennent pas ici pour mes beaux yeux, vous savez. C'est pour les prix. J'affiche les meilleurs prix de tout le quartier et je leur offre la meilleure viande aussi. Elles le savent toutes. Ces bonnes femmes sont prêtes à faire des kilomètres et des kilomètres pour épargner cinq sous. Elles collectionnent les circulaires et font leur marché avec une calculatrice à la main. Une vraie plaie ce type de consommatrices.

— Je vous crois.

— Le scandale de la viande avariée, il y a quelques années, nous a causé un tort considérable. On commence à peine à se relever de cette période de dénigrement. De toute façon, ne vous en faites pas pour mon commerce. Au fait, avez-vous des nouvelles intéressantes pour moi ? questionna finalement M. Benetto.

Puis, baissant le ton et s'appuyant lourdement sur le bord de son classeur, il marmonna :

— Je vous écoute…

— Je n'ai pas vraiment du nouveau, annonça Gilbert. Je suis surtout venu pour vous poser une question et j'espère une réponse franche. Pas de faux-fuyants avec moi.

— Comptez sur moi.

— Bon, je ne vous apprendrai rien en vous disant qu'il était au fond pratiquement inutile que j'épluche la liste de vos clients et de vos fournisseurs. Quant aux premières empreintes digitales sur les lettres anonymes, vous savez tout comme moi qu'il ne faut pas y penser. Non, ce qui me chicote, c'est d'ailleurs l'hypothèse la plus plausible et elle se résume en un seul mot : la Mafia.

Furieux, Giuseppe Benetto se leva d'un seul bond et matraqua de son poing le classeur de métal. Cela fit un bruit terrible. Gilbert, qui ne s'y attendait pas, resta secoué un instant. Cloué sur sa chaise, il entendit le boucher fulminer.

— La Mafia ! cria-t-il. La Mafia ! Mais vous n'avez que ce mot à la bouche. *Porco maiale ! Coglioni !* Vous me décevez, monsieur Millaire. La Mafia ! Vous, les Québécois, aussitôt que l'on prononce le mot « Italien » vous y associez le mot Mafia. Comme si tous les Italiens faisaient partie de la Mafia ! Non, mais… *Porco cane ! Stronzo di merda !* Non, mais… la Mafia !

— … la Mafia ou une organisation de protection, dit Gilbert pour se ressaisir.

Le boucher resta bouche bée. Il avait fait tout son cirque, mais Gilbert Millaire en remettait. Après tout, il avait un certain courage, ce petit détective.

Giuseppe se retourna pour faire quelques pas dans son minuscule bureau. Comme si la marche l'inspirait. Gilbert ne broncha pas, attendant une révélation.

Giuseppe Benetto le regarda droit dans les yeux. Gilbert observa calmement sa large carrure.

— Vous êtes têtu, monsieur Millaire.

— Très bien, très bien ; puisque vous le prenez comme ça, je n'insiste pas. Je suis persuadé cependant que la Mafia, ou un autre type d'organisation du même acabit, propose pour quelques dollars par année une protection supplémentaire et spéciale à certains commerçants. Car, après tout, ce genre de protection contre les éléments divins, tels que le feu ou le vandalisme, n'existe pas seulement dans les films. Enfin, puisque vous me dites que ce n'est pas le cas, je veux bien vous croire…

— Mais, puisque je vous le dis, acheva l'Italien en joignant les mains ensemble et en les brandissant à plusieurs reprises dans les airs. Puisque je vous le dis…

Gilbert était persuadé qu'il mentait, mais il ne le montra pas. À la fois pour que le boucher ne sorte pas de ses gonds et aussi parce qu'il était convaincu que Giuseppe Benetto avait déjà payé sa cotisation mensuelle.

— Dommage, je croyais tenir une bonne piste.

— Dommage, il faudra chercher ailleurs.

Le commerçant tira un tiroir du classeur et en sortit une enveloppe blanche.

— Tenez, voici de quoi payer vos frais des derniers jours.

Le détective ouvrit délicatement l'enveloppe pour découvrir quelques billets orange.

— Cette somme est la bienvenue, remercia le détective.

— Continuez votre enquête, car je n'aime vraiment pas cette sale affaire qui s'éternise trop à mon goût. Faites-moi part des nouveaux développements aussitôt que vous en aurez. Croyez-moi, si Mafia il y a, elle n'y est pour rien.

— Comptez sur moi, dit Gilbert en lui présentant la main droite pour prendre congé de lui. Je vous téléphone dès que j'ai du nouveau.

Gilbert Millaire sortit de la boucherie. Plusieurs clients faisaient la queue à la caisse. Giuseppe rejoignit Bruno pour servir les derniers clients qui restaient avant la fermeture.

6

C'est avec la régularité du métronome que les lettres anonymes continuaient de déferler sous les yeux de Giuseppe Benetto. Mais ce dernier ne s'y faisait pas du tout. Au contraire, jour après jour, comme un supplice chinois, les lettres anonymes mettaient de plus en plus de pression et jetaient davantage d'angoisse dans la vie de M. Benetto qui commençait à douter sérieusement de ses employés. M. Benetto ne respirait plus maintenant que l'air de la colère et de la frustration.

Le dernier samedi d'octobre arriva. Il devait être huit heures quinze lorsque Maria, la caissière de l'épicerie-boucherie, téléphona chez Gilbert Millaire.

— Oui, fit* le détective d'une voix encore pleine de sommeil.

— Venez vite, M. Benetto est mort !

— Quoi ! Quoi ! dit Gilbert, incrédule.

— Oui, mort ! C'est Bruno qui l'a trouvé en rentrant ce matin.

— Ne bougez pas, j'arrive.

— La police est déjà ici. Je vous attends, termina Maria d'une voix pâle.

---

* Même le wi-fi n'existait pas à cette époque. Visionnaire et pas rien qu'un peu, votre écrivain préféré !

Gilbert Millaire passa un complet en vitesse et courut prévenir son fils qu'il sortait.

Martin, curieusement, était déjà debout... la sonnerie du téléphone sans doute.

— ... Martin, je file à la boucherie de M. Benetto.

— Pourquoi ?

— ... il recevait des lettres anonymes récemment, mais je ne croyais pas que c'était pour se terminer ainsi... je n'ai pas le temps de te parler davantage. À bientôt. Si ta mère téléphone, tu lui expliqueras... tu lui diras aussi que je la rappellerai en fin d'après-midi, d'accord ?

— D'accord.

Puis Gilbert disparut, laissant derrière lui son fils médusé.

7

— C'est atroce ! C'est atroce ! dit Roland, l'assistant-boucher en accueillant Gilbert Millaire.

— Tout ça c'est de ma faute, dit Bruno en pleurs. Tout ça c'est de ma faute !

Gilbert se dirigea vers le fond de la boucherie. Là où avait eu lieu le drame. Le corps du boucher gisait sur une civière. Une couverture recouvrait son corps des pieds à la tête. M. Benetto avait connu une mort affreuse.

Gilbert présenta sa carte au policier de service tout en cherchant des yeux l'arme du crime. Un couperet, un couteau…

— J'enquêtais pour lui sur une affaire de lettres anonymes qu'il recevait dernièrement, souffla le détective. Quelle sale affaire. On l'a assassiné ce matin ?

— Pas du tout, déclara le policier.

Gilbert resta surpris.

— … vous n'y êtes pas du tout. Le médecin légiste qui vient tout juste de partir a effectué un premier examen. Le pauvre type est resté emprisonné dans son frigidaire plus de dix heures. La porte ne s'ouvrait pas de l'intérieur. Complètement coincée. Une négligence, un accident bête comme il en arrive des centaines à Montréal.

— Le froid et le manque d'air, je suppose ?

— Oui, sûrement. Ajoutez à cela la panique et un grand effort physique et c'est la crise cardiaque. C'est ce qui lui a été fatal. Il a dû partir après les employés, hier soir, pour travailler encore et l'accident mortel s'est produit sans que personne ne nous ait signalé sa disparition. Sa compagne est en voyage à ce qu'on m'a dit et elle n'est encore au courant de rien.

— Pourtant, il était si costaud !

— Bah ! Ça ne veut rien dire. Il ne faut pas se fier aux apparences. Un surplus de graisse, une mauvaise condition physique et quand vient le temps de faire un violent effort physique inhabituel, crac, on claque.

— C'est sûrement ce qui s'est passé, murmura Gilbert pensivement.

Le détective jeta un coup d'œil à Bruno Constantin affaissé, non loin de là, sur une caisse de marchandises. Il paraissait complètement anéanti. Sanglotant sans arrêt, incapable de se contrôler.

— Calmez-vous, dit le détective privé pour le réconforter.

— C'est de ma faute... J'aurais dû téléphoner plus tôt... mais je n'ai pas pu... Je l'attendais ce matin... ce matin pour réparer cette maudite porte... Le serrurier va arriver vers onze heures... mais il est déjà trop tard... trop tard.

Bruno continua de pleurer en se cachant le visage dans son tablier. Gilbert resta un bon moment à ses côtés sans rien dire, se contentant de poser sa main sur son épaule de temps à autre. Il n'y avait rien à dire.

La consternation se lisait sur tous les visages. La consternation et la stupeur. Un triste samedi.

Gilbert Millaire quitta la boucherie le cœur à l'envers.

Avant de rentrer chez lui, il alla prendre deux expressos sans sucre au *Café d'en face* et fuma quatre cigarettes coup sur coup. Lui qui avait arrêté de fumer depuis sept mois. L'air songeur, il observait les passants en silence. Personne ne se doutait que non loin de là, un boucher venait de mourir.

Puis, lentement, très lentement, la vie reprit le dessus.

8

Martin Millaire n'en revenait pas lui non plus. Il avait appris la mauvaise nouvelle à la radio. Comment aurait-il pu se douter que cela finirait aussi mal ? Au fond, Martin n'avait écrit toutes ces lettres que pour venir en aide à son père. Davantage de contrats, plus d'argent ; c'était logique. Encore une fois, il s'était mêlé de ce qui ne le regardait pas. C'était un accident. Un accident bête et fatal et il le regrettait amèrement.

Martin rangea soigneusement le tube de colle, la paire de ciseaux et jeta les journaux à la poubelle. Puis, c'était plus fort que lui, il donna un violent coup de poing dans le mur et jura contre la mort.

À propos de...

J'AURAI TA PEAU MON SALAUD est la première nouvelle que j'ai publiée. Les protagonistes sont issus du roman CASSE-TÊTE CHINOIS édité en 1985.

Je crois même que c'était la première fois en littérature québécoise pour la jeunesse, qu'il y avait la présence, dans un livre, d'une minorité culturelle, en l'occurrence un Italien. Comme j'ai vécu plusieurs années dans le quartier de la petite Italie, à Montréal, ça me semblait naturel.

* * *

Mes débuts

À l'été de 1972, j'ai suivi des cours d'écriture avec le célèbre écrivain Yves Thériault (même si vous ne le connaissez pas, ça se place bien dans une phrase) qui m'avait appris deux choses fondamentales... J'ai appris sans doute beaucoup plus, mais je n'ai retenu que deux principes : travail, travail et travail ainsi que le fait qu'une nouvelle, un roman, une émission de télévision ou un film ont tous la même structure : introduction, nœud, et dénouement, auxquels on intercale des rebondissements pour surprendre le lecteur ou le téléspectateur.

Vous avez maintenant la clé pour réussir vos rédactions scolaires si vous en faites encore (!). Rien de plus facile... en apparence.

Yves Thériault nous donnait aussi des devoirs à faire : « Rédigez-moi une histoire avec : une pêche, un tramway et un chameau ou encore avec : Venise, un chat et un fusil ». Le vieux loup de l'écriture savait comment s'y prendre avec nous, je trouve. Les ateliers d'écriture se déroulaient chez lui, dans son salon. Nous étions 6 ou 8 personnes aspirant à la gloire littéraire à l'écouter, à prendre des notes et à rêver de publier un jour. On buvait ses paroles... et du thé glacé aussi, car il faisait très chaud cet été-là.

J'aurai ta peau mon salaud !, nouvelle parue dans *L'Affaire Léandre*, éditions Pierre Tisseyre, 1987 (épuisé).

CŒURS
MALADROITS

À mon ami Alain M. Bergeron

L E TÉLÉPHONE SONNE. Personne n'est surpris outre mesure, car le téléphone des Talbot sonne toujours à l'heure de la vaisselle. « C'est à croire qu'il existe une sombre machination », pense Jean-Pierre, le père de Sylvie, en rangeant les ustensiles dans le lave-vaisselle.

— Sylvie ! Téléphone ! crie son frère, c'est ton Prince charmant !

— Il reste encore les chaudrons à laver, crie désespérément Jean-Pierre.

— Ne passe pas deux heures au téléphone, hurle Stéphane, moi aussi j'en ai besoin.

Sylvie s'empare de l'appareil et se réfugie dans le coin de sa chambre, au pied de son lit.

— Oui…

— C'est Paul. Ça va ?

— Oui, pas mal.

Un petit silence s'installe sournoisement au bout de la ligne. Paul, nerveux, tourne et retourne sans cesse le cordon de l'appareil.

— As-tu commencé à penser à ton costume pour la danse de l'Halloween de l'école ? demande Sylvie pour briser la glace. C'est dans deux semaines.

— C'est que…

— C'est que quoi ? dit Sylvie.

— C'est que je vais y aller, répond Paul, mais pas avec toi… C'est d'ailleurs pour cette raison que je te téléphone.

Une bombe aurait sauté dans le salon que le désarroi de Sylvie n'aurait pas été plus grand. Ses mains deviennent soudainement moites. Elle a froid. Sylvie passe nerveusement sa main dans ses cheveux et autour de sa nuque. Une larme glisse le long de sa joue. Son regard s'embrouille, mais Paul ne voit rien. Il n'entend rien.

Au fond, à bien y penser, la surprise n'est pas si grande. C'est le choc qui est terrible. Depuis quelques semaines, Paul se faisait plus distant et plus ennuyé, comme si la présence de Sylvie devenait un poids pénible à supporter. Oui, le choc plus que la surprise.

En une fraction de seconde, Sylvie revoit les premiers baisers du printemps à la fin des classes, dans la cour de l'école, dans l'autobus scolaire, sous l'œil complice du chauffeur. Les premières étreintes. Qu'il était fin, qu'il était beau, Paul Bélanger ! Beau comme un fruit bien mûr qui vous tombe dans la main.

— Ah ! bon, murmure-t-elle pour donner signe de vie.

Puis après un moment.

— Et tu y vas avec qui ? demande-t-elle, curieuse.

— … avec Isabelle, glisse timidement Paul.

— Isabelle, Isabelle, répète Sylvie avec une pointe de rage et de jalousie.

Elle n'avait jamais pu la blairer, celle-là, avec ses taches de rousseur, son nez retroussé, ses allures de mannequin et sa poitrine qu'elle exhibait comme un trophée. Sans compter son petit air de tout savoir... de tout savoir sur les garçons : pour ce qui était de la chimie ou des maths, elle pouvait repasser.

« Mais qu'est-ce qu'elle a de plus que moi ? » voulait demander Sylvie. Mais ça servirait à quoi d'envenimer une relation qui était maintenant chose du passé.

Dire qu'elle s'était juré une dizaine de fois d'aimer le beau Paul toute la vie. Toute la vie ! La vie est devenue subitement bien courte. Qu'il fallait donc être naïve ! De toute façon, Sylvie devait se l'avouer franchement, les dernières semaines, et plus particulièrement les derniers jours, avaient été fort atroces. On aurait dit un vieux couple. Se chicaner pour des raisons aussi futiles que l'endroit où aller manger. Et pourtant, au début, c'était le septième ciel !

À cet instant, Sylvie songe au vidéophone[*], une invention qui tarde un peu trop à son goût à se commercialiser. En effet, elle aimerait bien voir la tête de Paul Bélanger. Comment est-il ? Insouciant ou nerveux ? Feuillette-t-il une

---

[*] Skype n'est pas encore inventé !

revue en lui parlant ? Ou pire encore, caresse-t-il la main d'Isabelle ? Pour dire vrai, Sylvie préfère ne pas savoir. Après tout, cela importe peu et ça ne change rien à l'essentiel.

Le silence s'éternise.

Sylvie se perd dans ses pensées. Paul tous-sote pour souligner de temps à autre sa pré-sence. Pour lui, le pire est fait et il croit qu'il ne s'en est pas trop mal tiré.

Sylvie demeure songeuse et joue constam-ment avec le coin de son édredon.

— Moi aussi j'ai besoin du téléphone ! crie Stéphane en frappant à la porte.

Sans voix. Sylvie reste sans voix. Et au télé-phone, c'est à peine croyable, elle qui aimait tant jaser, rire et déconner durant des heures avec Paul ou avec Véronique, sa meilleure amie.

De son côté, Paul n'ose pas parler, de peur de déclencher une tempête de larmes ou un ouragan d'injures. Il préfère le silence. Mais au risque de paraître lâche, il murmure :

— Sylvie, es-tu encore là ?

— Oui, dit-elle faiblement.

— Qu'est-ce que tu fais ?

— Je pense. Je pense à cet été, Paul. Et j'ai de la peine. Tant s'aimer, tant penser à l'autre pour en arriver là ! C'est bête et c'est désolant.

Paul ne répond pas, visiblement gêné d'être d'accord avec elle.

— J'aurais bien aimé continuer, moi aussi, Sylvie ; mais nous avons des caractères si opposés.

— … on dit pourtant que les contraires s'attirent, contredit Sylvie.

— Je crois que c'est préférable qu'on se laisse. Restons amis, veux-tu ?

— Restons amis… Restons amis ! Arrête de déconner, Paul Bélanger, j'en ai assez. Assez des amis. J'en ai par-dessus la tête, des amis. Je veux qu'on m'aime, qu'on m'embrasse, qu'on pense à moi en se levant, en se couchant, qu'on me prenne dans les bras. Des amis, j'en ai des tas, Paul Bélanger, et je suis fatiguée que ce soient toujours les garçons qui me laissent tomber, qui arrêtent les premiers de m'aimer. Restons amis ! Tu veux rire ? Ça revient à dire de vivre comme si rien de magique ne s'était passé entre nous. Non, nous ne resterons pas amis. Ton amitié, garde-la pour toi.

C'est à ce moment-là que Sylvie, dans un grand fracas, raccroche.

Stéphane, quant à lui, est content. Il peut maintenant utiliser le téléphone, complètement indifférent au sort de sa sœur.

C'est fini. La voix de Paul ne bourdonne plus dans ses oreilles. Dans sa chambre, un calme réconfortant règne. Dans la cuisine, on s'active encore. Probablement que son père termine de ranger la vaisselle et de mettre la cuisine en ordre. Une corvée de moins. C'est toujours ça de pris.

Sylvie dépose le téléphone sur le seuil de sa porte, retardant le moment de sortir de sa chambre. Comme si elle avait peur de faire face aux sarcasmes charmants de son frère ou aux interrogations de son père.

« Quand pourrais-je avoir la sainte paix ? » rumine-t-elle.

Puis, prenant son courage à deux mains, elle sort comme un bolide de sa chambre en claquant la porte derrière elle. Sylvie arrache son imperméable du porte-manteau et quitte l'appartement sans rien dire.

— Où vas-tu ? demande Jean-Pierre visiblement inquiet.

Aucune réponse.

Sylvie est partie en coup de vent et n'a aucune envie de parler à quiconque.

Dehors, il pleut. Il pleut à verse. Sylvie marche en vagabondant au hasard de ses pas. Et elle pleure sous la pluie. Son visage ruisselle, mais aucun passant ne pourrait distinguer les larmes de la pluie.

« Un de perdu, dix de retrouvés », c'est sans doute ce que son père lui dirait sur un ton banal. « Dix ! Mais qu'est-ce que je ferais bien avec dix garçons, un seul me suffit. »

Et Sylvie marche, marche encore, traverse un pont, contemple la rivière quelques instants, observe les maisons et le ciel qui s'apaise. Son cœur se calme peu à peu. La jeunesse a le cœur fragile. La rage est passée. L'orage intérieur a cessé.

« Tant s'en faire pour un garçon, même s'il s'appelle Paul Bélanger, ça ne vaut vraiment pas la peine. Des garçons comme lui, il en existe des milliers, des centaines au moins, bof ! réglons pour deux ou trois », ricane Sylvie intérieurement. « Personne n'a le droit de me faire pleurer. Même si je largue toujours les larmes de mon corps, Paul ne m'aimera pas davantage. Il faut se faire une raison, c'est fini. C'était beau. C'était grand. C'était noble, mais c'est fini. Ah ! s'il existait un philtre d'amour comme au Moyen Âge pour m'assurer de son amour, j'en achèterais bien un litre et j'en verserais un peu sur ses frites », sourit Sylvie, de meilleure humeur.

La jeune fille se rend compte qu'elle est rendue passablement loin de chez elle. Elle fouille dans ses poches et trouve trois dollars et quarante sous. C'est une chance. L'autobus arrive justement. Elle monte à bord et va se réfugier au fond, sur la dernière banquette comme si elle voyageait avec sa bande d'amies.

Il est un peu plus tard que neuf heures lorsqu'elle débarque au coin de chez elle. Elle a l'estomac dans les talons : à cause de sa longue marche, bien sûr, mais aussi à cause de ses émotions.

Chez Johnny, c'est encore ouvert. Le restaurant ferme à minuit, le vendredi.

Un vingt-cinq sous dégringole dans un téléphone.

— Allô !

— C'est Sylvie, ne t'inquiète pas, papa, je suis chez *Johnny* et je rentre très bientôt.

— D'accord, à tantôt, dit son père avec un soulagement évident. Je t'attends. À tantôt !

Puis Sylvie se dirige vers le tabouret près de la caisse.

— Une frite avec sauce et un grand verre d'eau, commande-t-elle à Alain, un garçon de sa classe qui travaille comme serveur, les fins de semaine.

— Et un beau grand verre d'eau pour la belle Sylvie, claironne joyeusement Alain en superforme. Dis donc, as-tu commencé ton costume pour la danse de l'Halloween de l'école ?

— Non, pas vraiment. J'ai trouvé le patron, mais je n'ai pas encore assez d'argent pour acheter le matériel, et toi ?

— Oui, je l'ai terminé.

— Et comment te déguises-tu ?

— En Casanova, ma chère ! J'ai une belle grande cape rouge et un chapeau en velours avec une plume superbe. J'ai même réservé une vraie épée chez *Ponton*[*] pour la soirée. Je serai un drôle de Casanova…

— Comment ça ?

— Au lieu de m'emmerder à la maison à regarder la *Soirée du hockey* ou un western poussiéreux, j'ai décidé d'y aller seul

— Tu ne sors plus avec Caroline ?

— Non. C'est fini. Ça fait déjà plusieurs semaines. Je ne sais ce que j'ai, mais ce sont toujours les filles qui me laissent tomber…

— Et tu vas aller tout seul à la danse…

— Forcément, je n'ai pas tellement le choix…

— Moi, je connais une fille qui pourrait t'accompagner.

Alain se rapproche du comptoir, l'œil intéressé. Accoudé au comptoir, il attend avec impatience la grande révélation.

Sylvie prend le crayon à bille qui se trouve dans la poche d'Alain et inscrit sur la serviette de papier : Sylvie Talbot.

— Wow ! jubile Alain. Super ! Faut arroser ça ! Et un autre grand verre d'eau pour la belle Sylvie.

[*] Joseph Ponton Costumes demeure le plus grand et le plus ancien (1865) magasin de costumes au Québec.

À propos de...

Les éditions Paulines, ancêtre des éditions Médiaspaul, dirigées par les Frères de Saint-Paul, avaient organisé, en 1986, un concours de nouvelles.

J'y avais participé et ma nouvelle, CŒURS MALADROITS avait été sélectionnée (ô joie !) et remportait du même coup la coquette somme, à l'époque, de 100 $ (et même aujourd'hui, en 2014, on paye encore parfois la même somme ou presque) tout en voyant ma nouvelle publiée dans la revue VIDÉO-PRESSE, un magazine pour la jeunesse très populaire qui paraissait 10 fois par année et qui survécu durant 24 ans, de 1971 à 1995.

Une année plus tard, la nouvelle revivait dans un recueil intitulé CŒURS MALADROITS. Faut croire que les autres titres n'étaient guère plus fameux. Ah !

Cœurs maladroits, nouvelle primée au concours de *Vidéo-Presse* en 1987 et publiée dans un recueil portant le même titre, éditions Paulines, 1988, (épuisé).

L'HOMME

QUI VENAIT DE LA MER

Pour Sophane et Chélanie,
un frère et une sœur
absolument remarquables

1

LE CIEL EST BLEU ET LES NUAGES IMMOBILES.
C'est le dernier jour de l'été. Ma sœur
Stéphanie et moi, on joue tranquillement
dans le sable à construire des châteaux, des
lacs, à faire des pâtés. Nous sommes pratiquement seuls sur la plage. Les grands disent que
le fond de l'air est frais et que la mer est glacée.
Stéphanie et moi, on ne trouve pas.

Soudain, la mer se gonfle et se met à ronronner avec rage. Les vagues fouettent nos pieds.
L'écume de la mer ajoute un peu de beauté à
nos chefs-d'œuvre de sable que l'on trouvait
déjà pourtant très beaux.

Puis une vague plus violente que les autres
vient détruire tout ce que l'on avait fait ou
presque. On lève les yeux ensemble et c'est
là que Stéphanie et moi, on voit un homme
immense qui avance vers nous. Il vient tout
droit de la mer ! Il porte un chapeau bizarre
avec de petites fenêtres tout autour, sans doute
pour voir le soleil de temps en temps. Il ne dit

pas un mot. Il se contente de nous regarder longuement.

Puis il s'accroupit à côté de nous et enlève son chapeau. Il a vraiment une drôle de tête. Je ne pourrais pas dire exactement son âge, mais il paraît plus vieux que mon père.

Sa voix douce parle de marées et de baleines, d'étoiles de mer et d'hippocampes, d'épaves et de trésors inconnus.

Il sort de sa poche une grosse poignée d'huîtres qu'il dépose lentement près de nous. Moi, j'adore les huîtres. Stéphanie, pas du tout. Elle trouve ça gluant et répugnant. D'un geste calme, l'homme en prend une. Il l'approche de ses lèvres et lui murmure des mots tendres. Lentement, tout doucement, elle s'ouvre comme par enchantement.

— Les huîtres adorent les petits mots d'amour, lance-t-il en riant.

Il m'en offre quelques-unes et nous les dégustons en souriant. Stéphanie nous regarde d'un air vaguement amusé.

Après avoir avalé sa dernière huître, il se met à siffler un air étrange. Quelques mouettes, attirées par la mélodie, arrivent et se perchent sur son bras, puis viennent manger dans sa main. Stéphanie essaie de faire comme lui… et ça marche ! Ma sœur est folle de joie, ça paraît dans ses yeux. Ils brillent tellement. Je suis content pour elle.

Après le repas, l'homme qui vient de la mer se lève pour partir. Stéphanie et moi, on n'a pas envie qu'il nous quitte comme ça, si vite.

— Restez encore un peu, dit ma sœur. Le soleil n'est pas encore couché.

— C'est vrai, rien ne presse.

Il se rassoit et croise ses jambes. Il regarde la mer, les vagues et le soleil. Tout est beau, tout est calme, on dirait une carte postale. Comme pour nous faire plaisir, il dit tout à coup :

— Vous aimeriez que je vous raconte une histoire ?

— Oui, répond Stéphanie dans un éclat de joie.

— Moi aussi !

Sa voix baisse d'un ton.

— Croyez-le ou non, cette histoire m'a été racontée par un poisson-chat. Et elle commence par : il était une fois. Ça ne vous dérange pas ?

— Pas du tout, dit-on en duo.

— Parfait. Alors… il était une fois une vieille dame qui s'appelait Florence. Elle adorait les chats. Elle en avait d'ailleurs plus d'une cinquantaine. Il y en avait partout dans la maison : dans la chambre, dans le salon, la salle de bains, la cave, le grenier, la véranda. Partout ! Partout ! Partout !

2

Florence aimait les chats par-dessus tout. Elle n'avait pas de chien parce qu'ils effarouchaient ses chats. Par contre, elle affectionnait les oiseaux. Mais ça lui faisait de la peine de voir que ses chats en raffolaient au point de les chasser, de les tuer et de les manger. Toutefois, elle n'y pouvait rien et elle le savait très bien. Certains de ses chats portaient des noms bizarres comme : Galaragga, Ilma, Bandit, Pirate, Grissol, Melba. D'autres avaient des noms communs : Minou, Mimine, Mirza, Flocon.

Florence hébergeait des chats de gouttière, mais elle avait aussi des pensionnaires racés : deux persans bleu crème, un abyssin, deux rex, quatre siamois et un bleu de Russie. Chaque chat, à sa manière, était beau. Certains étaient blancs comme neige, d'autres noirs comme la nuit ou beiges, gris ou jaunes ou toutes ces couleurs-là pêle-mêle !

Florence avait des chats gras comme des voleurs ou minces comme un fil à couper le beurre. Florence était heureuse avec ses chats et ses chats étaient heureux avec elle et cela se voyait sans lunettes. Florence habitait un petit village où tout le monde la connaissait. Mais bien peu de gens lui parlaient, certains à cause de ses chats, d'autres à cause de son âge ou les deux à la fois.

Florence faisait partie des meubles comme on dit. Personne ne portait vraiment attention à elle. Comme si elle était trop vieille et qu'elle ne pouvait plus rien apporter aux autres. Elle était là comme une pierre, un banc de parc ou un vieux lampadaire. Elle était là comme si elle n'existait pas et ça la rendait un peu triste lorsqu'elle y pensait. Alors, pour oublier, elle retournait à ses chats qui dormaient sur la galerie, qui se laissaient caresser, qui ronronnaient, miaulaient et se faufilaient entre ses jambes. Ce qui chagrinait le plus Florence, c'est qu'au village peu de gens aimaient les chats. Plusieurs s'accordaient à dire que c'étaient des animaux hypocrites, paresseux, bagarreurs, prêts à sauter sur tout ce qui bouge. Ce qui n'était pas du tout l'avis de Florence. Or, petit à petit, c'est comme ça que la vieille Florence s'est retrouvée avec une cinquantaine de chattes et de matous.

Sa maison est rapidement devenue le paradis des animaux à moustaches. Chassés des autres maisons, les chats venaient s'abriter chez elle pour finir leurs vieux jours, pour donner naissance à des chatons, pour se faire caresser, pour se laisser aimer.

Beaucoup de gens, au village, croyaient que Florence était un peu fêlée sous le chapeau, si vous voyez ce que je veux dire. « Ce n'est pas normal, murmurait-on, qu'elle soit constamment avec ses chats, qu'elle ne parle qu'à ses chats. » « Ses maudits chats », ajoutaient ceux qui détestaient les chats et qui n'appréciaient pas tellement Florence.

On ne lui connaissait pas de mari et on la voyait rarement avec un homme. Mais la légende laissait croire qu'elle était riche, immensément riche. Il le fallait ! Pour faire vivre une telle quantité de chats ! Ah ! Florence, cette vieille excentrique que l'on avait vite surnommée « La Dame aux chats ».

3

Un beau jour, le boucher du village remarqua la présence d'un rat dans la cave de son établissement. Oh ! un tout petit rat, tellement mignon qu'il n'en fit pas de cas. Il se contenta de hausser les épaules en remontant l'escalier et de marmonner quelque chose comme : « Ce soir, je mettrai une trappe à rats et je ne le verrai plus ! » Enfin, c'est ce qu'il croyait.

Puis ce fut au tour du meunier, du fermier et du tavernier de se plaindre de la présence de rats. Finalement, on ne mit pas beaucoup de temps à comprendre que le village entier était infesté de rats. Il y en avait partout et on ne savait réellement pas d'où ils provenaient. Les enfants avaient peur. Cette drôle de présence grise et grouillante inquiétait tout le monde. Les coups de balai, la viande empoisonnée, les pièges à rats, rien n'y fit ! Ils étaient toujours là, horriblement là. De plus en plus nombreux.

Dans le silence de la nuit, on entendait leurs petits cris pointus, agaçants et terrifiants. Un véritable fléau. Un vrai cauchemar. Le maire du village, qui n'en pouvait plus, en avait même perdu le sommeil. Il cherchait désespérément LA solution. Mais il ne la trouvait pas. Tout le monde se plaignait et le montrait du doigt comme s'il était le grand responsable de tout. Mais était-ce sa faute à lui si les rats avaient décidé d'envahir son patelin ? Plus les jours passaient, plus les rats proliféraient. Le maire ne savait que penser, ne savait que dire et il donnerait bientôt sa langue au chat.

Même s'il n'y avait pas de rats chez elle, Florence, forcément, apprit rapidement l'effroyable drame. Elle décida d'aller rencontrer le premier magistrat du village pour lui exposer sa petite idée.

— Mais votre idée n'est pas bête du tout, dit le maire en bondissant de joie. Mais comment n'y ai-je pas pensé plus tôt ?

— C'est bien simple, répondit Florence, c'est parce que vous avez trop de chats à fouetter !

— Comme ça, dit le maire, vous allez nous prêter vos chats. Vous n'allez pas profiter de la situation pour nous les louer ou nous les vendre au prix fort ?

— Bien sûr que non, ricana Florence qui n'avait jamais eu l'ombre de cette idée saugrenue. Mes chats sont chez moi, mais ils sont libres. Ils vous débarrasseront de ces rats en moins de deux. Ce sera même un plaisir pour eux !

Le maire se frotta les mains de bonheur.

— À la bonne heure, dit-il. C'est merveilleux !

— Un chat par maison et adieu les rats. Telle est ma devise, dit Florence.

Et comme promis, Florence prêta tous ses chats à qui le voulait bien, mais elle conserva le gros Hector chez elle, au cas où…

Rarement Florence avait vu ses chats aussi heureux. Ils couraient partout, libres comme le vent, l'œil chasseur, la patte agile.

Ils pourchassaient les rats sous les galeries, dans les caves, dans les greniers, ne laissant aucun répit à l'ennemi. Tant et si bien, tant et si vite que, huit jours plus tard, plus personne ne vit l'ombre d'un rat. Tout le village était ravi et la Dame aux chats aussi.

Maintenant, grâce aux rats, on aimait les chats. On les trouvait soudainement beaux, gentils et utiles comme tout, mais encore un peu paresseux…

— Un chat libre est un chat heureux, répétait Florence, et maintenant ses chats pouvaient aller et venir là où ils le voulaient.

Quelques mois plus tard, le maire fit ériger une grande statue représentant un chat avec, sous sa patte, un gros rat. Jamais on n'avait vu ça !

Ce soir-là, Florence, une fois endormie, ne ronflait pas : elle ronronnait.

4

— C'est vraiment une belle histoire ! dit Stéphanie.

Le soleil commence à bâiller. L'homme qui habite le fond de la mer se lève. Je vois dans son regard qu'il doit vraiment partir. Il sort de sa poche plusieurs coquillages, quelques étoiles de mer et les laisse glisser lentement dans nos seaux.

— Je reviendrai, dit-il.

— On sera là !

J'aimerais le suivre, mais je sens au fond de moi que c'est impossible. J'aimerais aussi que cet été ne finisse jamais.

Que cet été soit éternel.

Mais l'homme est reparti comme il était venu, sans bruit et sans qu'on ait eu le temps de lui demander son nom. Même ma sœur, qui a toujours des questions, avait oublié celle-là !

La mer est de nouveau silencieuse. C'est le dernier jour de l'été. La mer est de nouveau silencieuse et les vagues dessinent le visage de cet homme sur la plage.

Jamais je n'oublierai cette journée merveilleuse.

Jamais nous n'oublierons l'homme qui venait de la mer.

À propos de...

L'HOMME QUI VENAIT DE LA MER est une commande (encore ! faut dire que plus jeune j'ai livré plusieurs commandes d'épicerie alors, je vois ça comme un retour du balancier !) une commande, disais-je, fort lucrative cette fois, entre deux ou trois mille dollars selon mon souvenir. C'était le musée de la Civilisation, à Québec, qui payait la note.

Ce texte fut publié à l'origine sous la forme d'une brochure et fut tirée à 3 000 ou 5 000 exemplaires. Le Musée l'offrait gratuitement aux groupes-classes qui venaient visiter le Musée. C'était en 1989.

La première édition avait été illustrée par Nicole Morin puis, après une année, j'avais pu récupérer mes droits sur l'oeuvre qui, par la suite, a été rééditée en 1993, chez Hurtubise HMH, dans un format tête-bêche, avec des illustrations de Bruno St-Aubin. Une autre nouvelle de Jacques Delval : L'INCONNU, LE MARQUIS TOMBÉ DU CIEL complétait l'autre versant du livre. Un projet plutôt payant comme on peut le voir et dont je prolonge la vie encore une fois aujourd'hui !

Comme vous l'avez lu, ce sont deux histoires en une ; celle de l'Homme de la mer plutôt romantique et celle de Florence, la dame aux chats. Colombe, ma compagne, est aussi une dame aux chats qui nourrissait, il n'y a pas si longtemps, une douzaine de chats errant autour de chez elle, tout en cajôlant les quatre chats de sa maisonnée. Quant à moi, j'adore les chats, mais pour mon plus grand malheur, j'y suis allergique.

L'Homme qui venait de la mer, conte publié la première fois par le musée de la Civilisation, en 1988, puis réédité par les éditions Hurtubise HMH, en 1993 (presque épuisé).

L'APPEL

EN ATTENTE

À mes amis Maureen
et Sylvain

— Sung, **TÉLÉPHONE** ! crie invariablement sa mère tous les soirs vers la même heure.
C'est Mélanie, elle dit que c'est important.

Mélanie et le téléphone sont inséparables
depuis plusieurs semaines. Si Graham Bell ne
l'avait pas inventé, elle l'aurait sûrement fait.

Mélanie s'impatiente déjà.

Sung arrive en se traînant les pieds. Elle
connaît très bien les urgences de son amie.
Habituellement, ce sont des urgences du type
masculin.

— Oui ! Allô ! fait-elle d'un ton presque
désabusé.

— Sung, il faut que tu m'aides ! C'est une
question de vie ou de mort.

— Mélanie, avec toi c'est toujours une
question de vie ou de mort. Bon, qu'est-ce qu'il
y a, c'est Simon qui t'énerve encore ?

— Comment fais-tu pour toujours deviner
tout ce qui peut m'arriver dans une journée ?

— Je ne sais pas. Mon petit doigt peut-être…

— Sung, tu es ma meilleure amie, il faut que
tu m'aides à me débarrasser de Simon. C'est un
vrai pot de colle, c'est un emmerdeur, c'est un
idiot de la pire espèce. Je n'en peux plus. Il me
suit partout comme une ombre, une vraie sang-

sue. Je ne sais pas quoi faire pour m'en débarrasser. Il est partout. Au gymnase, à la cafétéria,
dans mon cours de maths. J'en ai assez.

— C'est simple, tu n'as qu'à casser avec lui.

— C'est simple, c'est simple, c'est toi qui le
dis. Il est tellement jaloux qu'il ne le prendra
jamais. Tu sais comment sont les gars. Il ne
se relèvera jamais de cette peine d'amour ! Ce
sera le pont Jacques-Cartier, le suicide, la dé-
pression totale. Tu le connais, possessif comme
il est, il va penser tout de suite qu'il y a un
autre gars dans ma vie… Tu connais les gars,
ils s'imaginent toujours qu'il y a un quelqu'un
d'autre. Si je lui dis que je le quitte comme ça,
pour rien de spécial, il va trouver ça louche.

— Et dire qu'il y a des filles qui donneraient
tout ce qu'elles ont pour sortir avec un gars.
Pas nécessairement lui, mais un gars. Tiens,
moi par exemple, je passe mes samedis soirs
toute seule depuis presque deux mois !

— Je te le refilerais bien si tu veux.

— Non, merci, il est assez gentil et beau
garçon, mais ce n'est pas mon genre.

— Imagine-toi que ce n'est plus mon genre
non plus.

— Au début pourtant, tu ne disais pas ça…

— J'ai vite déchanté, si tu veux mon avis.
Maintenant, juste le voir et ça me donne envie
de vomir.

— Tu exagères toujours, Mélanie !

— Pas du tout, ma chère. Ses grosses pattes… ses grosses pattes lorsqu'elles se posent sur moi… Beurk ! J'en ai des frissons dans le dos.

— Chanceuse, wow ! quel effet !

— Sois sérieuse Sung, et le pire, c'est quand il m'embrasse… Je pense à King Kong. Je n'en peux plus. Je n'en peux plus. Il faut que je le quitte, que je lui dise, mais je ne sais pas comment. Oh ! attends, j'ai un autre appel.

Si les descendants de Bell n'avaient pas inventé l'appel en attente, Mélanie l'aurait fait, c'est sûr.

Mélanie revient sur la première ligne, estomaquée, paniquée.

— Sung, c'est Simon, sur l'autre ligne !

— Il ne te mangera pas ! Qu'est-ce que tu lui as dit ?

— Je lui ai dit d'attendre…

— Si tu as peur de lui dire la vérité en face, écris-lui.

— Non, je n'ai pas vraiment le goût.

— Bon, eh bien ! Alors parle-lui franchement, carrément, bêtement même !

— Je veux bien, mais avec quels mots, dans quelle langue pour qu'il comprenne bien le message ? Je ne voudrais pas…

— Tu peux lui dire : Simon, je t'aime bien, ce n'est pas le grand amour entre nous deux et j'aimerais bien te garder comme ami et…

— … comme ami, non mais quel cliché ! Les gars détestent ce genre de phrase qui ressemble à un mensonge gros comme une baleine.

— Alors vas-y plus directement… moins subtilement.

— Attends, je te reviens.

Et Mélanie, comme promis, revient.

— Et puis ?

— Il est toujours là, j'aurais cru qu'il se serait découragé, mais non, penses-tu ! Têtu comme ça se peut pas. En tout cas, je ne veux pas être responsable d'un suicide…

— Tu dramatises, Mélanie, ça fait à peine un mois que vous sortez ensemble.

— Je sais bien, mais on ne sait jamais. Tu ne lis pas les journaux ? C'est plein de drames passionnels, de drames conjugaux. Attends, je te reviens…

— Mélanie, dit Simon, j'aimerais ça que tu prennes deux minutes de ton temps et que tu m'écoutes, j'aimerais te dire, enfin ce n'est pas facile, mais j'aimerais te dire… que… que j'aimerais mieux que l'on reste ami-amie parce que… enfin, je pense que…

Mélanie reste bouche bée.

— Sung, je te rappelle, non… je te verrai demain.

Ça fait dix bonnes minutes que Simon a raccroché, et Mélanie reste là, sur son lit, en fixant le plafond.

La bouche ouverte.

Complètement ahurie.

Elle ne sait pas quoi penser. Elle ne sait pas quoi dire.

Mais Sung saura tout ça, c'est sûr, dès demain, dans l'autobus, parce que c'est sa meilleure amie. « Me faire ça à moi, rage Mélanie. Me faire ça à moi ! »

Et ce soir-là, la nuit fut longue et assez blanche pour la belle Mélanie.

À propos de...

L'appel en attente... jeune, je passais, comme tous les adolescents de toutes les époques... qui ont connu le téléphone, des heures et des heures, le soir, accroché à cet appareil, au grand dam de ma mère... mon père est décédé alors que j'avais 12 ans, sinon j'aurais lâché le téléphone plus vite que ça avant de mourir étranglé sur-le-champ avec son fil de huit pieds ! C'est surtout une image du père autoritaire que je retiens de lui, bien qu'il ait été aimant et bon.

Puis, j'ai eu des enfants et l'appel en attente, une divine invention pour les parents, est apparue. C'était une double ligne, en fait, avec le même numéro, tant et si bien que si on recevait un appel d'une urgence capitale et nationale pour l'un de nos enfants, on pouvait tout de même terminer notre conversation en paix. Bell...e invention, donc.

Aujourd'hui, non seulement l'appel en attente existe encore, mais il y a le répondeur intégré, étoile 69, pour savoir qui vous a téléphoné, et le cellulaire grâce à qui, ou plutôt malgré qui, on peut vous rejoindre 24 heures sur 24, au lit, à la plage, dans l'avion, au bout du monde, etc. Et avec votre photo en plus ! On n'arrête pas le progrès, semble-t-il, surtout lorsqu'il va si vite !

Le cellulaire a entraîné la mort de la cabine téléphonique publique ou presque. C'était aussi une belle invention si on avait un peu de monnaie sur soi.

Il est maintenant impossible de revenir en arrière... et c'est tant mieux ! Même la nostalgie, c'est démodée.

———

L'appel en attente, nouvelle parue dans la revue *Vidéo-Presse*, 1994.

LE TRÉSOR

DE LA BANQUE

À Pascale Grenier
qui en rêvait.

RIEN QUE D'Y PENSER, SES MAINS ÉTAIENT
DÉJÀ MOITES ET SON CŒUR BATTAIT À **200** À
L'HEURE. Il avait tout ce qu'il lui fallait :
une casquette de tweed, un bas de nylon et un
revolver en plastique qui avait l'air vraiment
vrai.

Il descendit d'un pas étrangement lent.
Il répéta mentalement ce qu'il devait dire en
changeant sa voix. Il enfourcha prestement sa
Kawasaki 500 en prenant bien soin de ne pas
trop faire rugir le moteur et ameuter tout le
quartier comme il le faisait si souvent.

Il regarda sa montre. Il était un peu moins
de trois heures de l'après-midi. C'était la première fois qu'il irait à la banque avec une casquette de tweed, un bas de nylon sur la tête et
un revolver en plastique.

Il avait chaud. Ses aisselles ruisselaient,
mais il devait le faire.

Tout au long du parcours, il prit bien soin
de ne pas brûler de feux rouges, de respecter
la vitesse permise. Il respectait la loi... pour
mieux la violer plus tard.

Il gara sa moto en face de la banque. Il était
seul. D'ailleurs, il préférait toujours agir seul.
C'était mieux comme ça.

Il enfila le bas de nylon sur sa tête et mit sa casquette. Il avait chaud. Très chaud. Mais il se dit tout bas que ce devait être à cause de la casquette et du bas de nylon.

Il poussa la porte. Les clients et les caissières poussèrent un cri de stupeur.

Il hurla :

— Haut les mains ! Que personne ne bouge !

Puis, d'un pas sûr, il se dirigea vers la plus jolie des caissières et pointa son arme sous son nez en jetant un sac de plastique sur le comptoir. Gisèle Lafontaine, qui était l'autre caissière à côté d'elle, pensa mourir de peur.

La jeune et jolie caissière murmura du bout des lèvres :

— Vous voulez l'argent ?

Une question idiote pour tout le monde. La réponse fusa et en étonna plusieurs.

— Oui et ensuite passe de ce côté-ci, dit-il, en lui faisant signe avec son revolver.

Le ton était sec et tranchant comme un couteau de cuisine. Un ton qui n'admettait aucune riposte.

M. Girouard, le directeur de la banque, resta interloqué. Il ne savait que faire. D'ailleurs, les mauvaises langues aimaient raconter qu'il savait rarement ce qu'il devait faire.

La jolie caissière, qui s'appelait tout simplement Lou, se dirigea vers le bandit masqué.

Celui-ci la prit violemment par le cou en pressant fortement son revolver sur sa tempe. Une fois rendu près de la sortie, à la stupéfaction générale, il lança par terre le sac qui contenait l'argent.

M. Girouard resta consterné. D'ailleurs, les mauvaises langues aimaient raconter que… Pour la première fois de sa vie, on ne lui volait pas l'argent, mais une caissière !

Dans un regain de conscience, il donna l'alerte.

La sonnerie retentit, assourdissante, recouvrant même le bruit du moteur de la Kawasaki et celle de Lou qui criait à l'oreille de son ravisseur.

— Maudit grand fou que j't'aime donc ! Ça prend juste un gars comme toi pour faire un coup semblable.

— C'est parce que je t'aime, mon trésor !

Et ils se mirent à rire.

Un rire gigantesque qui enveloppa les bruits du monde entier.

À propos de...

Une autre nouvelle publiée par le magazine Vidéo-Presse (merci Vidéo-Presse !), comme une commande aussi, en quelque sorte. Rien de spécial à dire sinon que j'ai toujours trouvé que la caissière était un véritable trésor plus important au fond que ce qu'il y avait dans le coffre-fort de la banque.

Un fantasme de jeunesse aussi, non pas le kidnapping, mais le fait de posséder une moto. Désir que je n'ai jamais pu assouvir, sauf la brève période où, cheveux au vent, je me baladais avec un vélo Solex ; rien pour faire peur au Hell's Angels !

Notez au passage mon esprit romantique et mon audace... sur papier.

Le trésor de la banque, nouvelle parue dans la revue *Vidéo-Presse*, 1994.

UN EXPOSÉ ORAL,

TU PARLES !

À mon amie, Christiane Léaud,
qui m'a évité bien
des bavures et des bévues littéraires.

JUSTE AVANT QUE LE SON DE LA CLOCHE RETEN-
TISSE, MARIELLE DUMONTHIER LANCE UN DER-
NIER APPEL AUX ÉLÈVES.

— N'oubliez pas que c'est demain que commencent les exposés oraux en français. Tâchez d'être fin prêts. Et comme prévu, on débute par Mélanie Charest, Serge Brochu, Valérie Vaillancourt, Antonio Spirelli, Max Latour-Grenier, Sylvia Tourangeau et Alexandre Archambault. Quant aux six derniers, ils se connaissent, ils passeront jeudi à 13 heures.

Le bruit des chaises et des tables que l'on repousse enterre les dernières paroles de la prof. Pendant que Marielle reprend ses cahiers et ses notes de cours, elle ajoute, dans un sourire divin, car c'est la plus jolie prof de l'école, la plus dynamique et la plus cultivée, la « plusse des plusses » aux dires de plusieurs, et Alex partage cet avis unanime, elle ajoute donc :

— Salut, les gars, salut, les filles, et à demain matin, 9 heures 15. Et je veux que vous m'étonniez. Je veux du génial, rien de moins… et avec des phrases qui se tiennent !

Et les inévitables « Salut, Madame », lancés à la blague et sur un ton lancinant, frisant la débilité profonde, tombent un à un comme une pluie de confettis dans la salle 202.

❁

— Salut, m'man ! Salut, p'pa ! lance Alexandre en guise d'entrée triomphale.

Sa mère, dans la cuisine, lui donne la réplique avec un petit bonjour aussi mince qu'une tranche de bacon.

— B'jour !

— Ça ne va pas, m'man, tu es malade, tu es fatiguée ? demande Alex.

Denise le rassure :

— Non, côté santé, ça va. Ta soeur Valérie n'est pas avec toi ?

— Oui, elle est rentrée, mais tu la connais, elle doit être en train de parler au téléphone, c'est son sport préféré. Papa est arrivé ?

— Non, pas encore, mais je l'attends d'une minute à l'autre. De toute façon, ce soir nous allons souper au restaurant.

— Toi et moi, maman chérie ?

— Très drôle ! Non, ton père et moi.

— C'est super ! s'écrie Alexandre en salivant presque.

— Ne te réjouis pas trop vite, cher fils adoré, car c'est un souper en tête-à-tête.

— Un souper d'amoureux, enchaîne Alex en clignant des yeux comme dans les films muets.

— Non, vois-tu, ton père et moi, on a besoin de se parler et de se parler sérieusement…

Le visage d'Alex se rembrunit tout aussi sérieusement.

— Rien de grave, j'espère ? Pas de séparation à l'horizon ? Il y en a tellement ces temps-ci que je nous trouve chanceux d'être épargnés par ce fléau. La séparation, c'est la peste de l'an 2000.

— Non, mais il faut se parler tout simplement. Parfois, le restaurant c'est comme un garage. Il faut y aller pour se parler et pour effectuer une mise au point, vérifier la pression des pneus de la colère, changer l'huile de la rancœur, enlever le vert-de-gris qui ronge les pôles de la batterie de l'indifférence qui empêche le moteur de l'amour de ronronner au quart de tour, vérifier le carburateur de la susceptibilité de chacun et changer le filtre de la routine.

Alexis sourit devant la grosse métaphore.

— Tu vois, pour moi, le restaurant c'est beaucoup moins long qu'une fin de semaine dans un chalet. Mais rassure-toi, Alex, il n'y a rien de bien grave et rien d'irréparable. La note du garagiste ne devrait pas être trop salée. Il faut bien se retrouver de temps en temps ; avec la vie infernale que nous menons, on n'a plus une minute pour le couple, tu comprends ?

— Parfaitement, dit Alex, un peu plus rassuré, mais toujours un peu inquiet.

— Ah ! Guy, te voilà ! s'écrie Denise en allant vers lui avec le plus beau sourire du monde.

— Oui, me voilà, et je t'apporte quelques fleurs que j'ai cueillies, ce soir, pour toi... chez le dépanneur. Je m'y suis pris un peu tard, les fleuristes étaient tous fermés. Quelle idée aussi de vouloir offrir des fleurs à sa femme, un mardi soir !

— Merci, Guy, elles sont très belles. J'adore les fleurs, qu'elles viennent du dépanneur ou pas.

— Je sais, je devrais même en apporter plus souvent...

— Pas trop quand même, sinon ça deviendrait lassant.

— As-tu prévenu les enfants que nous allions au restaurant ce soir ?

— Oui, Alex est au courant et dès que Valérie aura laissé le téléphone, elle le saura.

Quand on parle du loup...

— J'ai entendu le mot restaurant, dit Valérie en entrant en trombe dans la cuisine et mon estomac a crié famine tout de suite. C'est super chouette ! J'aimerais bien manger du chinois.

— Valérie, on ne dit pas « manger du chinois », ça fait très cannibale. On dit : « J'aimerais aller au restaurant chinois ou manger des mets chinois. »

— Où est la différence ?

— Tu la verrais très bien si tu t'appelais Huan Lee… enfin. Eh bien, le resto ce soir, c'est pour ton père et moi seulement. C'est un restaurant 18 ans et plus…

— Et justement, ajoute Guy, il y a un beau pâté chinois tout prêt qui vous attend dans le frigo. Vous n'avez qu'à le faire chauffer durant une vingtaine de minutes et le tour est joué.

— Bon, on vous laisse, dit Denise. Soyez sages. Faites vos devoirs comme il faut et ne vous couchez pas trop tard. De toute manière, on devrait rentrer assez tôt, mais on ne sait jamais… le mécanicien peut nous informer qu'il faut changer les freins.

— Mais qu'est-ce que cette histoire de freins ? demande Guy.

— Ce n'est rien, ce n'est rien, je t'expliquerai tout ça au resto ; allez, viens, la soupe va être froide.

❀

Brador, le chien, salive et dégouline de partout pendant qu'Alexandre avale son pâté chinois en silence. Valérie n'en revient pas : Alexandre, qui d'ordinaire n'arrête pas de se faire aller le mâche-patate, est devenu une vraie carpe ce soir.

— Et n'oublie pas de rincer ton assiette et de mettre toute la vaisselle dans le lave-vais-selle, crie Valérie du salon.

— Ouais, ouais, répond Alexandre avec un enthousiasme délirant.

— Qu'est-ce que tu fais ce soir ? lui crie encore Valérie.

Pour éviter d'ameuter tout le quartier, Alexandre va au salon pour lui répondre.

— J'avais l'intention de regarder *Indiana Jones 1, 2 et 3* ; ça passe à la télé ce soir, au canal 5. Je ne voudrais pas manquer ça. J'ai vu ces films-là trois fois, mais c'est tellement bon que j'ai le goût de les voir encore. C'est exceptionnel qu'on passe les trois au cours de la même soirée ! C'est un événement télévisuel historique, je te dis.

— Oui, mais tu n'avais pas un examen oral en français demain matin en rentrant ?

— Oui, et je n'ai pas encore de sujet en tête !

— Tu devrais justement te préparer au lieu de regarder la télé, car tu risques d'avoir une note… historique.

— Mais justement, la télé, ça me donne toujours des idées pour trouver un bon sujet.

— Regarder des films américains pour pré-parer un exposé oral en français, on aura tout vu ! Bof ! Après tout, tu es assez grand pour savoir ce que tu fais. Je ne suis pas ta mère.

Heureusement d'ailleurs ! Marielle Dumon-thier a beau être super sympathique, elle te collera un zéro si tu es poche. Avec elle, il n'y a pas de demi-mesure : c'est l'excellence, le dépassement ou rien.

— Laisse-moi faire ! rouspète Alexandre.

— D'accord, d'accord, je n'ai rien dit. Je me tais et je te laisse regarder tes films, moi, j'ai deux ou trois coups de téléphone à donner.

— ... seulement deux ou trois, c'est un record !

Valérie fait comme si elle n'avait pas entendu.

— ... et ensuite, j'ai un devoir de bio et un autre de maths. Alors, salut, je m'en vais dans ma chambre et, si on m'appelle, je suis là pour... tout le monde.

Et Valérie, la studieuse, s'engouffre dans sa chambre.

❧

Le lendemain matin.

Dans l'autobus qui l'amène à la poly, Alexandre est silencieux et songeur. Un peu endormi aussi. Valérie, elle, sourit. Voir son frère dans le pétrin une fois de temps en temps, ça la rend joyeuse.

En sortant de l'autobus, elle chuchote à l'oreille d'Alex :

— Bonne chance, et j'espère que ton charme de macho plaira à la belle Marielle, parce que, pour ce qui est de tes sujets : le sida, la langue au Québec, les autochtones, c'est loin d'être fort. À ce soir, mon coco !... Les films étaient bons au moins ? Ha ! Ha !

Pour toute réponse, Alex lui fait une superbe grimace. Le pire, c'est qu'elle a raison. Il aurait dû se préparer au lieu de chercher des excuses.

« Des excuses… des excuses, tiens, tiens, tiens ! »

— Bon, après ce brillant exposé de Sylvia sur *Venise, ville engloutie ?*, c'est au tour d'Alex de nous éblouir.

Seul, en avant de la classe, comme devant un peloton d'exécution, Alex se racle la gorge, prend une profonde inspiration, essuie ses mains moites sur son jean et se dit en lui-même : « Vas-y, mon Alex, t'es capable ! » Et il s'élance, comme Jean-Luc Brassard[*], sur les bosses enneigées du hasard.

— Je n'ai pas préparé d'exposé oral…

On chahute déjà un peu en poussant des oh ! et des ha ! de désolation. Alex lève la

---

[*] Jean-Luc Brassard est un skieur acrobatique québécois qui a remporté 20 Coupes du monde au cours des années 1990 ainsi qu'une médaille d'or aux Jeux Olympiques en 1993.

main pour faire taire les mécontents et les sifflements.

— … si je n'ai pas eu le temps de préparer un exposé oral, c'est parce que ma grand-mère est morte hier soir et toute la famille était en larmes, bouleversée par ce triste événement…

La grand-mère d'Alex est morte deux fois l'année dernière, alors toute la classe s'esclaffe. Marielle est de mauvais poil.

— Alex, que signifie tout ceci ?

— Mais c'est sérieux, madame Dumonthier, laissez-moi continuer…

— Très bien, vas-y, on t'écoute.

— … toute la famille était donc en larmes. Remarquez que j'aurais pu tout aussi bien ne pas me présenter, mais j'aurais peut-être eu zéro, car on aurait flairé la ruse ou le mensonge. Or donc, il est plus de minuit quand mon père file à l'hôpital pour régler les derniers détails. J'ai passé la nuit à consoler ma mère, parce que c'était justement sa mère qui était décédée. Mais je me suis dit que cette raison, vous ne la goberiez pas. Alors, je vais avouer, et ça, c'est la pure vérité vraie, j'ai eu une indigestion carabinée. En effet, j'ai mangé du foie de porc et, ma foi, ça n'a pas passé du tout. Selon le médecin que j'ai vu à l'urgence… après cinq longues heures d'attente, il s'agissait d'un empoisonnement alimentaire bénin. Il m'a donc prescrit un médicament pour me faire digérer et me voilà aujourd'hui devant vous, frais et dispos. C'est presque un miracle. Mais là encore, je me suis dit : « L'idée de l'indigestion, c'est du déjà-vu, ça ne prendra pas. » Mais pour dire vrai, je vous avais préparé un de ces exposés extraordinaires sur la comète Halley avec des illustrations et un échantillon de la météorite qui est tombée dans le champ de mon oncle, à Saint-Robert, l'été dernier. Un échantillon gros comme ça. Oui, gros comme ça, parole de pêcheur. C'est sûr qu'avec un sujet pareil, ma note aurait frôlé le cent. J'en suis persuadé. Un échantillon d'une météorite, on ne voit pas ça tous les jours. J'avais tout préparé, mais voilà : dans ma grande distraction, vous me connaissez, j'oublie tout, tout le temps, j'ai laissé mon sac à dos et son précieux contenu dans l'autobus 51. J'ai eu beau téléphoner à la compagnie de transport, rien à faire : ils n'ont jamais retrouvé mon sac à dos. Mais je me suis dit : « Ils ne croiront pas l'histoire du sac à dos perdu, c'est banal. Par contre, si je leur dis que je n'ai pas eu le temps de préparer cet exposé parce que j'ai regardé les trois films de Spielberg hier soir, là, ils vont me croire, car ils savent que Spielberg est mon cinéaste préféré et que je ferais tout au monde pour ne pas rater un de ses films… » Mais voilà, le téléviseur était en panne et je n'ai pas pu regarder les trois films, heureusement d'ailleurs, car ça m'a permis de préparer cet exposé oral qui s'intitule : *Raisons diverses pour échapper à un exposé oral de français.* Voilà, c'est tout.

Après les quelques applaudissements d'usage, Alex eut droit au sourire céleste de Marielle Dumonthier et à une note de 76, ce qui n'est pas si mal pour quelqu'un qui était pris au piège à 8 heures 58, ce matin.

Mise en garde de l'auteur : Ne faites pas comme le héros de cette nouvelle. C'est un professionnel… Votre amour-propre et votre bulletin pourraient se retrouver un peu amochés.

À propos de...

Un exposé oral, ma mort !

Je déteste parler en public. J'ai des sueurs froides dans le dos, les mains moites, le cœur qui bat à cent à l'heure (peut-être même plus !) et je tremble de partout tout en essayant de paraître calme. Au début, je lance des blagues, je niaise, je cabotine... Ça dure généralement cinq minutes, au début d'une rencontre ; c'est pour passer ma nervosité maladive, mais c'est l'enfer. Après ce calvaire, ça va relativement bien. J'essaie de me motiver en me disant bêtement : si Céline Dion peut chanter devant 100 000 personnes, je peux bien affronter 30 élèves.

Mon premier exposé oral était pitoyable et le mot est faible. Il portait sur Venise. C'était en 1965-66, j'étais en Versification (11ᵉ année pour être plus précis mais, en même temps, je voulais faire mon frais et vous souligner que j'avais fait mon cours classique, mine de rien).

J'avais fait un bon résumé d'un article paru dans la revue READER DIGEST. Comme vous le voyez le résumé d'un résumé, c'était pas très fort mon affaire. On prédisait déjà, à cette époque, la mort de cette ville unique au monde. Venise serait engloutie dans peu de temps. Depuis ce cri d'alarme, les ingénieurs sont venus à sa rescousse.

En 1965, il n'y avait que des gars dans notre classe et à l'école, misère ! C'était l'école secondaire Phillipe-Aubert-de-Gaspé, dans la Petite Italie. J'avais 15 ans et nous n'avions pas l'habitude de parler devant la classe ou de parler tout court. À l'école - des sœurs et des frères - on apprenait à lire, à écouter (religieusement et sans rien dire), à écrire, mais à parler, non. Le silence était la règle d'or de tout bon élève.

À la toute fin de mon secondaire, une fois ou deux par année, on avait un exposé oral à préparer. Cette fois-là, nos compagnons nous notaient de même que le prof. Ça, l'échafaud et les règlements de comptes, c'était kif-kif. J'ai été pourri, je le savais déjà avant de commencer et on me l'a dit assez vertement. Je crois que ma peur de parler en public vient de là. Et avec l'âge, ça ne s'améliore pas. C'est d'ailleurs pour cette raison - le stress inévitable - que j'ai abandonné, il y a plus d'une dizaine d'années, mes rencontres dans les écoles en tant qu'écrivain. Faut dire aussi que, de

1982 à 1996, en 15 ans donc, j'ai fait le tour du Québec plusieurs fois avec mon baratin en rencontrant des milliers et des milliers d'élèves.

Au cours des années 1996-2000, j'ai fait mes tournées scolaires avec Colombe, ma compagne, pour diviser le stress et pour donner des ateliers de création littéraire, ce qui me changeait des sempiternelles questions telles que : Ça prend combien de temps, monsieur, pour écrire un livre ? Je n'étais plus capable de me répéter sans cesse et ça, c'est inévitable à la longue.

Maintenant, j'ai trouvé un truc pour rencontrer les gens sans me stresser outre mesure : j'accepte de participer à des tables rondes dans les salons du livre ou dans les bibliothèques publiques ou encore, j'y vais avec mes amis comme Louis Émond et Philippe Béha, et nous formons alors des duos du tonnerre ! À deux, le stress, ça se gère mieux.

Finalement, après vingt-cinq ans de rencontres scolaires, j'ai trouvé la réponse à la fameuse question : Ça prend combien de temps pour écrire un livre, monsieur ? Hé bien, ça prend le temps que ça prend ! Deux mois, un an, deux ans et demi...

UN EXPOSÉ ORAL, TU PARLES !, nouvelle parue dans la revue VIDÉO-PRESSE 1994-95, ainsi que dans le recueil DEUX JUMEAUX ET UN CHIEN, dix nouvelles en collaboration avec Cécile Gagnon, Roger Poupart et Colombe Labonté, éditions Médiaspaul, 1995, (épuisé).

DEUX JUMEAUX ET UN CHIEN fait suite à la création de LIBERTÉ SURVEILLÉE, un roman aussi écrit à six mains et réalisé l'année précédente. La première collaboration fut magique à tous points de vue si bien que le trio d'enfer a voulu récidiver. Ce n'était pas la Sibérie, mais disons que cette fois-là la magie n'a pas été au rendez-vous. Mais ça ne paraît peut-être pas...

SACRÉE FRANÇOISE !

À Esther

L'HORLOGE DU SALON SONNAIT TROIS HEURES TRENTE DU MATIN LORSQUE LE COLONEL PÉNÉTRA DANS LA CUISINE SUR LA POINTE DES PIEDS. Ce n'étaient pas ses trois pointes de tarte au souper qui l'empêcheraient, cette nuit, de faire une razzia gastronomique dans la cuisine.

Malgré sa petite taille, l'ampoule du réfrigérateur inonda la pièce de clarté. Un vent frisquet fit frissonner toute la cuisine. Soudain, une horrible vision secoua son corps tout entier. Ses jambes devenues subitement lasses ne le supportaient plus. La vue brouillée, les mains tremblantes, le Colonel, impuissant, regardait le corps de madame Blanche qui gisait à ses pieds.

On l'avait sauvagement dépouillée de ses vêtements et assassinée. Madame Blanche, sa fidèle domestique, était nue comme un arbre en décembre. D'un geste presque religieux, le Colonel alla chercher la nappe bleue pour recouvrir le corps de Blanche. En s'agenouillant près d'elle, il remarqua près de son corps un chandelier maculé de sang. Il l'empoigna pour l'examiner de plus près, puis se ravisa et, nerveusement, saisit le bas de sa robe de chambre pour faire disparaître ses empreintes.

Qui aurait pu commettre ce crime crapuleux ? Madame Blanche, comme on dit, n'avait

au fond que des amis. La tête pleine d'interrogations et le cœur bouleversé, le Colonel
prit le téléphone pour alerter les policiers. On
entendait au loin la sonnerie du téléphone. Le
silence étranglait sa gorge.

Mais, au même instant, un grand cri de joie
se fit entendre :

— C'est le professeur Plum avec un chandelier dans la cuisine !

Sacrée Françoise ! Au jeu de *Clue*, elle était
vraiment imbattable.

À propos de...

MONOPOLY*, SERPENTS ET ÉCHELLES, STRATEGO, RISK et CLUE, etc., il y avait une foule de jeux de société... aujourd'hui pratiquement disparus. Mais notre société est toujours là. Ouf !

Ces jeux de société ont été remplacés avec la venue des ordinateurs par des jeux souvent individuels qui coûtent des millions de dollars à concevoir et à fabriquer. Il suffit de penser à ASSASSIN'S CREED*, par exemple. Il est vrai aussi qu'on peut aussi jouer à plusieurs sur l'ordinateur et avec un gars d'Australie si on veut ou avec une fille qui

---

* Commercialisé en 1935 par Parker Brothers, *Monopoly*, le jeu de Charles Darrow s'est vendu à plus de 257 millions d'exemplaires et plus d'un milliard d'humains y ont joué. Le jeu consiste simplement en une planche de jeu avec des dés et des cartes alors que *Assassin's Creed* nécessite un équipement plus sophistiqué et plus dispendieux. Créé en 2007, *Assassin's Creed* est basé sur des faits historiques et propose une quête fascinante dans des univers situés à diverses époques. Le jeu offre une aventure-action dans des décors fabuleux. Jusqu'à présent, plus de 8 millions d'exemplaires ont été vendus dans le monde permettant ainsi à 35 millions de personnes d'y jouer.

habite en Malaisie... mais ça manque un peu de chaleur humaine, je trouve.

Autres temps, autres mœurs, autres jeux... L'important, c'est de jouer.

———————

Sacrée Françoise !, nouvelle parue dans l'anthologie : *Les meilleures nouvelles de mon école*, XYZ éditeur, 1994. Et pour faire changement, c'était aussi une commande de l'éditeur qui nous avait donné pour consigne : une page, pas plus !

UNE FILLE

NOMMÉE BÉLUGA

À mon ami Daniel Gélinas,
pour saluer notre grosse amitié.

Y EST SEPT HEURES ET QUART, BÉLUGA ! LÈVE-
— TOI, TU VAS ÊTRE EN RETARD, HURLE SA
MÈRE dans un cri qui aurait pu réveiller un troupeau d'éléphants sourds bourrés de
somnifères.

La jeune fille sort de son lit de peine et de
misère et se dirige au radar vers la salle de bains.

Une journée comme les autres. Ni trop
chaude ni trop froide. On annonce 20 degrés.
Le printemps a mordu l'hiver qui semble cette
fois parti pour toujours… C'est mardi, peut-
être mercredi, mais Bélinda s'en fout un peu.
C'est aussi sans doute le jour 6.

« Béluga », un surnom très drôle au début,
presque charmant, mais c'est rendu maintenant que même sa mère l'appelle comme ça.
Une chance qu'elle n'a ni frère ni sœur, sinon
ce serait l'enfer. Béluga, c'est gentil, mais
quand on l'entend sur tous les tons vingt fois
par jour et rempli davantage de mépris et de
dégoût que d'affection, il y a de quoi déchan-
ter. Béluga, baleine, pachyderme, au fond, c'est
pareil.

Comme d'habitude, Bélinda prend une dé-
barbouillette et la passe à l'eau chaude avant
de s'en couvrir le visage. Elle la laisse durant

trente secondes, le temps de refaire surface à la vie. Devant son miroir, son visage ne lui sourit pas. Elle devrait changer de miroir pour un miroir plus souriant.

Bélinda émerge lentement des limbes de la nuit. Elle se souvient maintenant de son rêve et les images sont distinctes. Une fois par mois, mais plus souvent encore ces dernières semaines, elle rêve d'un acteur connu. Ce matin, avant le fameux désormais légendaire « Béluga, lève-toi ! », Bélinda rêvait qu'elle chassait le bison dans les prairies américaines avec le beau Kevin Costner. Il y a deux semaines, elle était la secrétaire de Tom Cruise dans *La Firme*. Dernièrement, elle a rêvé de Brad Pitt dans *Légendes d'automne*.

Il n'y a rien de sexuel dans ces rêves-là. Elle est seulement avec eux. Elle peut leur parler, les toucher. Les regarder droit dans les yeux. Sentir leur odeur.

« Une seule constance dans tout ça, avait dit le psy de l'école : ils sont tous beaux... et drôlement plus vieux que toi. Ce sont là des rêves compensatoires... pour compenser. »

Et il n'avait pas fini sa phrase. Bélinda n'avait pas insisté, mais elle avait tout compris.

Dans le corridor, elle marmonnait : « Pour compenser ma grosseur. Ma grosse grosseur. Mon énormité. Ma pachydermie. Est-ce ma faute à moi si mes glandes fonctionnent tout croche, à deux cents à l'heure et si, en plus, j'adore les gâteaux, les spaghettis, la pizza à onze heures du soir ? Si je me réveille la nuit pour manger ? C'est plus fort que moi, j'aime manger. Et rien que penser à de la bonne bouffe, j'engraisse d'une livre à chaque fois. »

— Dépêche-toi Béluga, tu vas manquer l'autobus !

Une chance qu'elle n'a pas dit le bateau…

— Mais oui, maman, je me dépêche. Je ne fais que ça, me dépêcher !

Bélinda aurait aimé être belle et mince comme Cindy Crawford ou Naomie Campbell ou encore comme la coqueluche de l'heure, Claudia Schiffer. Mais elle est loin du compte et elle a bien des croûtes à manger (!) pour rejoindre ses idoles et leur faire un peu concurrence.

Bélinda a fini de s'habiller et, plus le temps avance, moins elle a envie d'aller à l'école. Y a des jours comme ça. « Et plus on vieillit, plus il y en a », lui avait déjà dit sa mère pour l'encourager.

En se brossant les dents, Bélinda s'est juré aujourd'hui que la première personne qui l'appellerait Béluga au lieu de Bélinda mangerait toute une taloche sur la gueule. Cette fois, Bélinda est vraiment décidée.

— Salut Béluga, je t'embrasse, dit sa mère qui finit de s'habiller dans sa chambre.

Cette décision ne s'applique pas à sa mère, bien entendu.

— … et passe une belle journée, ma chouette… et bonne chance pour ton contrôle en maths !

Au fond, sa mère est charmante et elle l'adore. Bélinda aime bien croire cette idée. Sa mère qui ne l'abandonnerait jamais, jamais, enfin jamais pour quelqu'un d'autre comme son père l'a fait, il y a deux ans. Les séparations sont parfois un mal pour un bien. Mais dans ce cas-ci, ce fut vraiment un bien pour un bien. Toutes les deux, un beau soir, avaient crié en chœur et bien fort : « Bon débarras et ne reviens plus, face de rat ! » C'était pour la rime bien sûr… mais c'était vrai aussi. Le défoulement avait été miraculeux.

Bélinda s'entend bien avec sa mère. Et sa mère s'entend bien avec sa fille. C'est presque le bonheur total, mais Bélinda en a lourd sur le cœur et sur le corps, car son poids attire son âme dans des profondeurs effrayantes. À première vue, Bélinda semble heureuse. Toujours un sourire accroché aux lèvres, comme un aimant. Mais intérieurement, un mal la ravage et la grignote peu à peu. Son bonheur ressemble à un fac-similé du bonheur.

« En tout cas, se redit-elle pour se redonner confiance, le premier ou la première qui m'appelle Béluga au lieu de Bélinda, aujourd'hui, je lui mets mon poing dans la face. »

Sans s'en rendre compte, Bélinda claque si fort la porte que sa mère se sent subitement coupable, durant quelques instants, de lui avoir dit quelque chose de mal. Elle a beau chercher, elle ne trouve rien.

❦

La journée s'annonce comme toutes les autres. Le petit train-train quotidien d'une étudiante à La Passerelle : français, maths, dîner, histoire et éduc, puis retour à la maison, un brin de télé, devoirs, douche et coucher. Une routine qui a de quoi vous mettre le moral à plat sans que vous vous en aperceviez.

L'air renfrogné, Bélinda s'emmure dans son silence presque toute la matinée.

« N'empêche, se dit-elle, qu'il faudrait que je parle à ma mère de ce surnom grotesque et lui dire, une fois pour toutes, que je n'aime pas ça. Je suis sûre qu'elle va comprendre du premier coup. »

La matinée s'est merveilleusement bien déroulée. Personne ne lui a adressé la parole. Pas même Margot, sa meilleure amie, qui a tout de suite compris que Bélinda n'était pas spécialement dans son assiette aujourd'hui. Au dîner, elle tirera ça au clair avec elle.

Une fois le contrôle de maths terminé, une épreuve digne de la Grande Inquisition, Bélinda et Margot se précipitent à la café. Une bousculade sans nom, comme tous les midis.

— Hé, tasse-toi la grosse, je suis arrivé avant toi et… si je veux qu'il m'en reste un peu, je suis mieux de passer avant toi !

Margot regarde ailleurs pendant que Bélinda dévisage Marc-André, le gars le plus fendant des fendants des 5e secondaire de la Terre.

Les poings serrés. Les lèvres blanches. Bélinda n'a pas envie de se retenir :

— Passe devant, espèce d'échalote boutonneuse atteinte du sida.

« Seulement une minuscule injure de rien du tout. Après tout, il ne l'a pas appelée Béluga, il ne connaît pas sa chance. »

Marc-André ne réplique pas à ce qui pourrait devenir un volcan. Avec un silence méprisant, il toise Bélinda et passe devant elle.

Bélinda se calme rapidement et se penche pour saisir un plateau. Elle ne prend qu'une soupe, une tranche de pain et une petite pointe de tarte aux pommes.

— Tu ne prends pas de spaghetti, Bélinda ? C'est pourtant ton plat préféré, s'étonne son amie pour faire un peu diversion.

— Non, je n'ai pas vraiment faim.

— Toi, pour que tu ne manges pas, il faut vraiment que quelque chose ne tourne pas rond, c'est le cas de le dire ! souffle Margot en retenant un petit rire.

Bélinda sourit mollement de cette plaisanterie. Margo est véritablement sa grande amie et une amitié solide comme celle-là vaut bien quelques moqueries.

Pourquoi les grosses ont-elles le plus souvent des amies qui sont maigres comme un clou ? On dirait Mutt et Jeff ou Laurel et Hardy. C'est bizarre.

Margot et Bélinda dénichent un coin tranquille, si on peut dire, dans la cafétéria où plus de mille deux cents jeunes dînent, parlent et crient en même temps. Mais c'est souvent dans le vacarme qu'on peut faire les plus grandes confidences.

Alexis arrive en coup de vent.

— Je peux m'asseoir avec vous, les filles ?

Margot rougit un peu.

— Alexis, soit gentil, Bélinda veut me parler et on aimerait être seules.

Alexis, que rien n'ébranle, toujours joyeux, compréhensif, un chum rose quoi, surtout depuis que Margot est sa petite amie pour vrai, répond sans sourciller :

— Pas de problème, ma belle Margot… Mais on se voit ce soir au moins ? Ajoute-t-il avec une pointe d'angoisse amoureuse dans les yeux.

— Oui, mon beau Alexis. Pas de problème pour ce soir, lui répond-elle sur le même ton. À ce soir… j'attends ton coup de fil.

« Mon beau Alexis ! Je ne sais pas ce qu'elle lui trouve, songe Bélinda. Un grand maigre genre échalote oubliée sur le comptoir durant deux jours. Des boutons pour les fous et les fins. Un sourire tout croche. Habillé au chic *Surplus de l'armée…* ouais, la beauté est dans les yeux de celle qui la voit, mais elle doit être sûrement très intérieure. »

Et Margot lui fait le plus beau clin d'œil et le plus inoubliable sourire de la poly. Alexis retourne vers sa bande de gars, le cœur léger. Ses amis croient durant quelques secondes au divorce de la décennie. Les gags et les sarcasmes pleuvent :

— Tiens, un revenant !

— Tu ne manges pas avec la belle Margot ?

— Vous avez cassé ?

— Tu t'es trompé de table ?

— On a réussi l'opération de l'année, on vient de séparer les siamois du faubourg.

— Mais non, mais non, rétorque Alexis, on peut bien avoir envie de manger avec ses chums une fois de temps en temps, non ?

— Oui, mais comme ça fait un siècle, on se demandait si on existait encore pour toi !

— Laisser tomber ses chums pour une fille, ça ne se fait pas, ajoute Alexis en riant. Voyons donc les gars, vous valez bien plus que ça…

Pendant ce temps, à l'autre bout de la café.

Bélinda avale sa soupe en silence.

— Qu'est-ce qui ne va pas, Bélinda ?

— Rien… tout va comme sur des roulettes. Pourquoi tu me demandes ça ?

— Comme sur des roulettes… carrées, oui. Ne me niaise pas, Bélinda. J'ai bien vu dans ta face que ça n'allait pas du tout. On dirait que tu as mangé de la vache enragée. Voyons Bélinda, on n'est pas amies pour rien…

Bélinda se mord la lèvre. Ce n'est pas facile de se confier. D'ouvrir son cœur. Même avec la meilleure amie du monde.

— C'est que… c'est que je suis tannée de me faire appeler Béluga…

— Rien que ça ! Mais c'est un surnom affectueux. Tu ne devrais pas te fâcher ou t'offusquer pour si peu… depuis le temps !

— Affectueux, mon œil ! Et puis justement, depuis le temps comme tu dis… Le monde aurait pu trouver autre chose. Béluga, pachyderme, éléphant, baleine ; c'est du pareil au même. Et puis, j'en ai assez d'être grosse. Ma mère m'envoie chez le psy, mais ça ne règle rien.

— Le psy, c'est bien beau, mais il me semble que les Weight Watchers, ça serait mieux, non ?

— J'y suis déjà allée…

Margot est sidérée.

— Ne me regarde pas comme ça. Penses-tu une seule seconde que je veux rester grosse comme ça toute ma vie ? Les Weight Watchers, c'est pas seulement pour les femmes de quarante ans et plus. C'est pour les gros, un point c'est tout.

Margot la dévisage. Bélinda est lancée. Le moulin à paroles s'emballe. C'est préférable pour Margot de laisser l'ouragan passer.

— Ah ! Margot, tu ne peux pas savoir à quel point je suis découragée. Tu ne peux pas savoir. Je suis écœurée d'être grosse, d'être énorme. J'aimerais ça, moi aussi, porter des collants noirs moulants qui font triper les gars, des jeans serrés, si serrés que ça prendrait une demi-heure le soir pour les enlever et, l'été, j'aimerais porter un bikini grand comme un timbre, c'est bien simple. Il me semble que je ne demande pas grand-chose.

Margot la regarde d'un air presque incrédule. Elle ne s'attendait pas à de telles révélations. Elle pensait que Bélinda était bien dans sa peau et qu'elle acceptait sa taille.

— Dans le fond, Margot, tu sais, j'aimerais être comme toi.

Margot aimerait lui dire de manger moins. Mais en regardant ce qu'elle a dans son plateau, ce midi, ce serait mal à propos.

— J'ai essayé toutes les sortes de régimes, rien à faire. Je ne sais plus si c'est une question de volonté, de glandes… en tout cas, le médecin semble assez formel là-dessus, ce serait un problème de glandes. J'ai trop de poids, mais j'ai une ossature de cheval… Ah ! c'est sûr que j'aime manger et qu'une fois rendue à la maison, je dévore, je m'empiffre de chocolat, de pain, de chips, de chaussons aux pommes, de coke, de tout ce qui me tombe sous la main. C'est plus fort que moi. Je me réveille même la nuit pour manger…

Margot n'en croit pas ses oreilles et enchaîne :

— J'ai lu dans une revue, l'autre jour, chez le dentiste - il n'y a que là qu'on peut lire des revues tranquille - qu'une femme qui était, elle aussi, dans le très énorme, s'était fait attacher les mâchoires pour ne plus manger... Le jeûne forcé, quoi ! Il y a aussi l'acupuncture. À ce qu'il paraît, c'est miraculeux. Il s'agit d'espèce de boucles d'oreilles qui t'empêchent d'avoir envie de manger...

C'est au tour de Bélinda de regarder son amie avec des yeux gros comme des œufs.

— Si tu penses…

— Mais non, ce n'est pas une suggestion, c'est une anecdote. Prends pas ça personnel, Bélinda. Et ta mère, qu'est-ce qu'elle en dit ?

— Ma mère, ma mère, je ne sais pas. Elle m'aime comme je suis. Elle m'aime comme une mère, quoi ! Elle ne dit plus rien. Elle doit être aussi découragée que moi par bouts. Elle pense que mon problème est psychologique. Y a de quoi, elle est mince comme un fil de fer, et j'exagère à peine ; de son côté, toute sa famille est plutôt maigrichonne, et du côté de mon père, il n'y a pas de problème de poids non plus. C'est moi, le spécimen rare, faut croire, la farce plate de la Nature. Je ne suis quand même pas pour manger des Nutribar toute ma vie ou devenir végétarienne, je vais mourir de faim… Mais c'est pas tout, tu ne sais pas le plus grave.

Margot s'approche vers elle.

— Le pire, c'est que… que j'aurai bientôt dix-sept ans et que toutes les filles le font…

— … le font quoi ?

— Ne fais pas l'innocente, Margot. Toutes les filles le font…

Comme il subsiste encore une pointe d'incompréhension dans les yeux de Margot, Bélinda met les points sur les *i* et les barres sur les *t* en poussant un soupir de découragement.

— L'amour quoi ! L'amour ! Et toi la première, avec le beau Alexis. Ne me fais pas accroire que vous jouez aux cartes dans l'auto de son père ou chez toi, dans le sous-sol, lorsque tes parents ne sont pas là.

— Toutes les filles… Bélinda, toutes les filles, tu exagères.

— En tout cas, la majorité. Mais moi, je ne fais pas partie de la majorité et ça me fatigue, ça m'écœure royalement si tu veux savoir. Je fais plutôt partie de la minorité qui soupire dans l'attente de… ouais, justement, dans l'attente de…

— Bon, c'est vrai, reconnaît finalement Margot en cherchant Alexis des yeux ; y a ben des filles qui le font effectivement, mais je ne sais pas vraiment comment t'aider. Te présenter un gars, mais qui ? C'est un problème de taille ton affaire.

— HA ! HA ! HA ! très drôle !

— C'est un jeu de mots, garde au moins ton humour, Bélinda. Seul ton humour peut te sauver. Il faut s'accepter, être capable de rire de soi, un peu, tout en essayant de changer dans les limites du possible.

— Je ne sais plus quoi faire, Margot… Et ça me déprime comme tu ne peux pas savoir. Et le comble, c'est que je passe mon temps à rêver à des acteurs, Costner par ici, Cruise par là, avec au milieu le beau Harrison Ford.

— Tous des vieux en tout cas, si tu veux mon avis. Un psychanalyste aurait du plaisir avec ça pendant au moins deux ans.

Bélinda fait semblant d'ignorer la réplique et poursuit :

— C'est à n'y rien comprendre. Oh ! Margot si tu savais comme j'aimerais être embrassée, me faire caresser, qu'un gars m'enveloppe dans ses bras et qu'il me dise qu'il m'aime… Ah ! si tu savais… J'ai même hâte d'avoir un enfant.

— Moi pas, en tout cas. Loin de moi cette idée de torcher un petit trésor tous les jours pendant des années. J'ai assez de mon petit frère à la maison. Mon goût pour la maternité est pas mal exaucé.

— Pour moi, la famille c'est important. Ça doit être parce que je suis enfant unique. Les grosses familles m'attirent.

— Tant mieux pour toi.

— Y pas seulement la beauté dans la vie, réfléchit tout haut Bélinda. Il faudrait bien que les gars apprennent ça une bonne fois pour toutes.

— Je suis de ton avis mais qu'est-ce que tu veux, ils sont complètement superficiels jusqu'à... jusqu'à... en tout cas, le physique les intéresse pas mal. Mais ton cas n'est pas si désespéré que ça. Après tout, tu n'es pas laide du tout. Tu as un joli sourire, un visage tout à fait charmant, un humour unique, un beau rire sonore...

— Tu veux sortir avec moi samedi soir, ou quoi ? pouffe de rire Bélinda.

— Mais non, j'essaie de trouver chez toi les aspects positifs. Et puis, tu sauras qu'il y a des gars qui détestent les maigrichonnes et qui préfèrent les filles bien rondes et bien enveloppées. D'ailleurs, tu as une poitrine à faire tourner bien des regards, ma chère... et moi, j'en prendrais bien un peu, si tu veux savoir.

— Je ne savais pas, fait Bélinda en bombant le torse de façon presque inconsciente et avec un soupçon de fierté mal dissimulée.

— Tu ne devrais pas t'en faire autant. Ton cas n'est pas aussi désespéré que tu le crois.

Bélinda jette un œil maintenant sur sa pointe de tarte, puis finalement repousse l'assiette.

— Et tu ne sais pas le pire ? chuchote Bélinda.

— Non, quoi ?

— Si je te disais que j'ai affreusement peur de mourir sans avoir fait l'amour, est-ce que tu me croirais ?

— Ben oui.

— Eh bien, je te le dis. J'ai tellement peur de mourir sans avoir fait l'amour, sans connaître le grand frisson, sans me perdre dans le regard et dans les bras de celui que j'aimerais ! Cette idée de mourir me hante maintenant depuis des mois. On ne sait jamais, une maladie…

— Sûrement pas le sida, s'écrie Margot dans un éclat de rire. Et encore moins la bactérie mangeuse de chair, elle en aurait au moins pour deux ans avec toi !

Bélinda sourit à peine à cette vieille plaisanterie.

— … ou un accident, poursuit l'angoissée. Je rêve tellement de faire l'amour…

— Oui, mais il faut que tu aimes avant, Bélinda.

— Bon, c'est toi qui me fais la morale maintenant ! On aura tout entendu !

— Ce n'est pas ça, mais il faut que tu aimes réellement avant de donner ton cœur et ton corps.

— En tout cas, mon corps ne vaut pas cher la livre en ce moment. Mais bien sûr, Margot, je ne suis pas assez épaisse pour baisser les pantalons du premier venu. Et je vais prendre mes précautions en plus. Tu peux compter sur moi. Si tu savais, je ne sors jamais sans condoms. C'est fou hein, mais on ne sait jamais…

— C'est fou, comme tu dis…

— Et puis le printemps n'arrange rien.

— Comment ça, le printemps ?

— C'est en amour et ça ne connaît pas les effets du printemps sur les êtres humains. Tu fais dur pas à peu près, Margot Jolicœur ! Ben oui, le printemps, les petits oiseaux, les fleurs, c'est la saison des amours, les hormones deviennent folles, le regard des gars s'excite…

Margot cherche encore des yeux son bel Alexis. Mais il semble qu'il se soit envolé. Ce soir, ça lui semble bien loin, à Margot. Encore six heures à patienter, à se morfondre dans l'ennui de l'attente : deux cours, l'autobus, le souper, la vaisselle… avant que le bel Alexis lui téléphone pour lui donner rendez-vous au parc.

— Tu es vraiment une fille chouette, Margot.

— On est amies, c'est tout. C'est normal que je t'écoute. Toi, tu m'as tellement écoutée quand Xavier Tremblay, l'écœurant, quand je pense qu'il m'a laissée tomber pour Catherine... Tu m'as écoutée des dizaines d'heures. Tellement en tout cas que je te dois bien ça.

— Mais non, on ne se doit rien.

— Dans le temps, j'avais de la misère à te croire quand tu me disais que le temps arrangeait bien des choses.

— Des amies, c'est fait pour ça. Tu parles, je t'écoute ; tu m'écoutes, je te parle. C'est la vie. Des fois, ça n'arrange rien sur le coup, mais ça vide le cœur et ça fait sortir le méchant, comme dit ma mère.

La Visvikis, la directrice adjointe, vient planter son nez sur la paroi vitrée de la cafétéria. Une carpe. On dirait un grosse carpe qui vient écornifler les faits et gestes des élèves. En plus, elle a son sourire narquois et supérieur des mauvais jours. Elle doit sûrement mijoter un plan diabolique pour écœurer encore les élèves.

La cloche sonne. C'est le temps de monter dans la salle de cours. Avant de partir, Bélinda jette un dernier regard presque rempli de tendresse à son morceau de tarte aux pommes perdu dans son plateau au beau milieu de la table. Dommage.

Et la journée se termine sans que Bélinda se fasse appeler « Béluga ». Une journée de répit. Presque un miracle. Mais ça la fâche, elle aurait tellement aimé ça libérer toute cette agressivité contenue en elle depuis des mois. Se défouler, montrer à la face du monde entier que les grosses savent se faire respecter.

🌸

Deux semaines plus tard, le baume des paroles réconfortantes de Margot s'est dissipé un peu beaucoup. Et Bélinda a renoué avec la déprime. Mauvais ménage.

— T'as beaucoup de devoirs ce soir, Bélinda ? demande sa mère.

Bélinda a parlé à sa mère et il n'a fallu que trente secondes pour qu'elle comprenne. Une mère qui comprend vite, c'est une vraie mère.

— Oui, une tonne, mais je vais quand même aller faire un tour dehors pour m'aérer l'esprit avant de pousser le sprint final.

— Moi, je ne bouge pas d'ici. J'attends un appel. De toute façon, j'ai eu une journée d'enfer au bureau.

— À tantôt.

Bélinda pousse la porte. Il était temps. Elle commençait à étouffer. Elle a essayé de rejoindre son amie Margot, mais celle-ci était déjà partie avec vous devinez qui.

Bélinda marche sans but en regardant le ciel, ses pieds, l'asphalte, les rares oiseaux qui supportent la pollution, les gens qui passent.

Puis elle s'arrête et s'assoit sur un banc de parc avec sa déprime bien assise à côté d'elle. Une déprime qui la suit comme une ombre. Il lui faudrait un chasse-déprime en atomiseur s'il vous plaît et vite ! Ça presse plus que jamais. Mais quand la déprime vous colle au cerveau et au cœur, il est bien difficile de s'en débarrasser.

Toutes sortes d'idées saugrenues et plutôt noires lui traversent l'esprit.

« Se jeter en bas du pont Jacques-Cartier, songe Bélinda, à l'heure de pointe pour faire ch… le plus de monde possible, les maigres surtout qui ne rigolent jamais dans leur auto. Non, le pont, c'est trop haut et puis j'ai le vertige, ajoute-t-elle pour elle-même en souriant au gazon. Et puis ça ferait monter l'eau du fleuve et ça pourrait même inonder le Vieux-Montréal qui sait, avec un peu de chance. Non, un coup de carabine, en plein salon et en pleine poire. C'est une mauvaise idée, ma mère ne supporterait pas la vue de mon cadavre sans compter qu'elle vient d'acheter un nouveau tapis, ça ne serait pas gentil. Et Margot, comment se débrouillerait-elle en maths sans moi ? Ses notes frôlent le zéro absolu, elle doublerait c'est sûr et elle m'en voudrait à mort, c'est le cas de le dire. Des barbituriques, oui, c'est ça, des barbituriques ! Deux caisses de n'importe quoi avec de l'eau Perrier. Mourir en dormant, quoi de plus tranquille et de plus merveilleux ?

Bélinda regarde le ciel s'obscurcir peu à peu. Elle prend une grande inspiration. Attache le col de sa blouse. Hume le vent printanier du soir. C'est bon de vivre tout de même, parce que le suicide, c'est vraiment un manque flagrant de savoir-vivre, sans compter que mourir, c'est pour la vie.

« Ou encore tiens, le gaz, repense-t-elle. S'enlever la vie grâce au gaz carbonique d'une automobile et laisser une lettre en disant sa douleur de vivre, avec quelques paroles de Megadeth ou de Kurt Cobain, ce serait mieux. Le métro, mais oui, le métro ; se jeter sur une rame juste au bon moment, beurk ! rien que d'y penser j'en ai la nausée. Le suicide, une drôle de façon de mourir, de dire non à la vie. Les animaux sont sans doute bêtes, mais ils ne se suicident pas pour un oui ou pour un non. Certains se laissent peut-être mourir à petit feu lorsque leur maître meurt avant eux, mais ils ne se suicident pas comme les humains. Donner la vie. Se donner la mort. Faire de la peine à tout le monde. Se donner la mort alors que d'autres ne veulent qu'une chose : vivre à tout prix, même s'ils sont aux prises avec une maladie qui leur laisse seulement un filet d'espoir. Et puis, on ne se balance pas dans le fleuve juste parce qu'on est grosse. Au fond, les anorexiques ont autant de raison de pleurer et de déprimer que les boulimiques. »

La jeune fille observe les quelques joggeurs de nuit qui font leur course en se chronométrant. Bélinda sourit de ce détail, de cette coquetterie masculine bizarrement mal placée. Courir. Elle aussi devrait peut-être courir. Pour perdre du poids et un peu de son temps. Mais courir, quelle drôle d'idée ! La marche, c'est tellement plus sain, tellement plus calme, plus romantique aussi… quand on est deux, évidemment.

Soudain, un rouquin vient s'asseoir sur le même banc qu'elle. Tout en sueur. Une armoire à glace qui vient de terminer son entraînement, on dirait.

« Il aurait pu choisir un autre banc, il me semble. Le parc est plein de bancs vides et il vient justement mettre son gros cul sur celui-là. Il pourrait respecter ma solitude au moins. S'il me parle, je ne lui réponds pas. »

— Bonsoir. Il fait beau, hein ? Assez chaud pour un début du mois de juin, hum…

« Des niaiseries sur la température, pas tellement original le mec. Il est plein de taches de rousseur, on jurerait que sa mère l'a oublié sur la galerie tout un après-midi alors qu'il pleuvait à boire debout. »

— Ouais, il fait assez chaud. Mais on est bien, répond quand même Bélinda, sans entrain.

— Moi, c'est Antoine.

« Joli prénom pour un rouquin. Tiens, il devrait perdre quelques livres lui aussi, ça ne lui ferait pas de tort.

Moi, c'est Bélu… c'est Bé… Bélinda, j'veux dire.

— Tu demeures dans le quartier ?

— Non, j'habite New York et, comme mes parents sont divorcés, je viens voir mon père une fin de semaine sur deux à Montréal.

— AHAHA ! très drôle. Je ne te crois pas. Tu vas à La Passerelle comme moi.

— Pourquoi tu me poses cette question, si tu connais déjà la réponse ?

— C'est pour me forcer à parler. Je suis tellement timide que je m'exerce le soir à parler avec des filles qui s'assoient sur un banc de parc et qui ont l'air de bouder en trouvant le temps long.

— Moi, je boude ! Moi, je boude, où vas-tu chercher ça ? T'es psy après les heures de cours, ou quoi ? Je suis en super forme…

— En tout cas, tu caches bien ton jeu parce que je t'ai déjà vue plus joyeuse que ça.

— Monsieur est espion, on joue les James Bond à la petite semaine ?

— Non… mais je t'observe tout simplement depuis une ou deux semaines, disons deux pour être franc… et j'avais envie de te parler, c'est aussi simple que ça. J'habite l'immeuble à côté du tien.

« Bon, ça y est, c'est un gars de 5ᵉ secondaire qui cherche une fille pour le bal et pour qui je représente la dernière chance, sinon il va se jeter en bas du pont Jacques-Cartier en pleine heure de pointe avec dans sa poche un poème intitulé : *Amour incompris.* Un poème sur les filles qui ne l'ont jamais aimé comme lui aurait aimé être aimé… Si c'est ça, je le revire en moins de deux. Ou peut-être qu'il veut gagner au concours : « Invitez la fille la plus grosse de la ville au bal de La Passerelle… et courez la chance de gagner un voyage pour deux à la Jamaïque ! »

— Si c'est pour le bal des finissants, c'est non tout de suite, lâche Bélinda avec un regard à faire peur à un pitbull.

— Le bal, quel bal ? Ah ! le bal des finissants… moi, je trouve ça complètement débile et, en plus, je déteste la danse. Ce n'est pas pour me vanter, mais je danse comme un pied, enfin. Mais non, le bal, très peu pour moi. Non, je veux simplement te connaître davantage, c'est tout. Entre gros, on peut fraterniser… hi ! hi ! glisse le rouquin.

Bélinda sourit. Au moins, lui, il n'a pas l'air d'avoir un problème d'image avec son poids.

— On pourrait sortir au moins une fois ensemble. Qu'est-ce que tu en penses ?

— Ouais, répond Bélinda avec une moue pleine de faux détachement.

« Il faut que j'en mette, mais pas trop, se dit-elle intérieurement, sinon il pourrait prendre le large et ce n'est pas le temps de faire la fine bouche. Depuis le temps que tu es seule ma fille et que tu passes ton temps à rêver aux gars. »

— Belle réponse. Franchement, ma proposition te propulse au septième ciel !

— Sortir ! Sortir, c'est bien beau, mais as-tu une idée ? Propose toujours, mon lapin…

— Bon, disons les quilles ?

— Très original… aux grosses quilles, peut-être ? Non, très peu pour moi, je trouve ça aussi nul que le bal des finissants… du moins cette année, car je peux changer d'idée l'année prochaine.

— Au diable le bowling, de toute façon, ça ne me tentait pas tant que ça. Un spectacle de musique alors ? Du pop, du rock, du heavy métal, du blues… choisis.

— Mais non, ça coûte les yeux de la tête et si on veut sortir encore, il faut se garder un peu d'argent pour les prochaines sorties, murmure Bélinda avec un sourire plein d'encouragement, cette fois.

Antoine se débat comme un diable dans un bénitier.

— Au cinéma ?

— C'est une bonne idée, ça !

— Un film de science-fiction ou d'horreur ?

— Disons, un film de science-fiction avec de l'horreur et un peu d'action et un brin d'humour avec une pincée d'existentialisme, ouais.

— De quoi ?

— Laisse faire…

— *Highlander 3,* qu'est-ce que tu en dis ?

— Je l'ai déjà vu.

— Ça tombe mal. Ou peut-être aimerais-tu mieux une *Proposition indécente* ?

— Franchement, Antoine ! Déjà, retiens-toi un peu, on se connaît à peine, ricane Bélinda.

— Mais non, je parle du film.

— Je te fais marcher…

— Déjà ! s'exclame Antoine, on se connaît à peine et tu me fais déjà marcher.

Et leurs rires réjouissent le silence du parc.

Et Bélinda cherche dans sa tête le film qu'elle aurait envie de voir avec lui. Elle le regarde. Le dévisage presque. Il a un beau visage, comme dirait Margot. Et des yeux d'un bleu profond. Ses mains. Des mains de lutteur ou de footballeur à la fois robustes et pleines de douceur, ça se voit. C'est drôle toutes ces taches de rousseur. Je me demande s'il en a réellement partout… partout.

Bélinda rougit un peu.

Antoine s'en aperçoit, mais il ne dit rien. Et il ne devine rien.

— Qu'est-ce qu'il y a ? demande Antoine.

— Oh ! rien, je réfléchissais.

— Au théâtre, alors ? On pourrait aller voir *Un tramway nommé Désir*, ça joue chez Jean-Duceppe ?

— Une autre fois, peut-être.

La nuit est presque tombée. La lune est là avec ses étoiles. Le parc est devenu miraculeusement silencieux. Seuls quelques promeneurs accompagnés de leur chien et de leur drôle de petit sac.

— Je l'ai ! s'écrie Antoine, et là tu ne pourras pas refuser. C'est absolument génial !

— Quoi ? dit Bélinda, qui ne demande qu'à être surprise.

De l'inattendu, des surprises à chaque jour. Le triomphe de l'imagination pour éblouir l'Amour. C'est de ça qu'elle rêve le plus.

— Un pizza ! Une grosse pizza extra large ! claironne Antoine dans un sourire tout aussi extra large.

— T'es pas un peu fou… Il est tard, non ?

— Oui, mais pas tant que ça. Tu le sais bien comme moi que c'est vers dix heures que la pizza est la meilleure.

— Oui, mais mon régime, laisse tomber Bélinda, d'une voix terne et suppliante. Ça fait deux semaines que je tiens bon. J'ai même perdu trois livres. Une pizza ! Tu ne trouves pas que je suis assez grosse comme ça ?

— Comme dit mon père, « ça en fait plus à aimer.» Il y a aussi le film qui s'appelle : *Les hommes préfèrent les grosses*, tu connais ?

— Mais non, le vrai titre c'est : *Les hommes préfèrent les blondes* !

— C'est pareil. Pour en revenir à ton régime, moi aussi je suis un régime et ça ne m'empêche pas de tricher pour autant. C'est là le vrai plaisir d'un régime : tricher une fois de temps en temps. De toute façon, moi, en plus de devoir suivre une diète, je dois courir comme un malade si je veux continuer de faire partie de l'équipe de basket de l'école. Faut faire des sacrifices, comme dit le coach, qui ajoute toujours en anglais : *No pain, no gain* !

Bélinda l'écoute : pour un gars timide, il se défend plutôt bien.

— Et comme c'est la première fois qu'on se rencontre et qu'il n'y aura pas d'autre première fois, aussi bien fêter cet événement spécial tout de suite, ce soir, tu ne penses pas ?

Bélinda le regarde et salive presque juste en y pensant. Ce gars-là, c'est le diable en personne. Puis les paroles d'une chanson de Jean-Pierre Ferland arrivent en trombe dans sa tête : « Faut pas aimer trop vite. Faut pas aimer trop fort. »

Antoine la contemple avec une patience d'ange.

« S'il insiste encore un tout petit peu, j'accepte sur-le-champ. »

— Alors c'est oui ? demande encore Antoine. Une grosse pizza extra large avec plein de fromage, du peperoni en masse, des anchois à profusion, six tranches de bacon, deux pour toi, quatre pour moi. Ben quoi ? tu es au régime ou non, ajoute-t-il en riant. Une tonne d'oignons finement tranchés, une frite-sauce pour accompagner tout ça et pour arroser ce délice unique et pour se faire pardonner, un beau gros pepsi... mais diète. Alors, c'est oui ?

Bélinda hésite pour la forme.

— C'est oui, mais à une condition…

— Laquelle ?

— On recommence notre régime demain… ensemble.

— Okay, ensemble. C'est super !

Bélinda le regarde encore comme si elle voulait le photographier. Comme si elle voulait garder en mémoire et pour toujours cet instant si magique. Le visage d'Antoine rayonne de joie.

Il la contemple sans parler. Presque ébloui. Heureux. Il effleure sa main. Par mégarde. Non. Pas tout à fait. Bélinda ne dit rien. Elle a hâte de ne plus attendre. Elle approche sa main. Frôle la sienne. Puis leurs doigts se soudent ensemble. Une grande chaleur les envahit. Ils sont bien.

— Viens, on s'en va chez *Pinocchio Pizzeria*.

Décidément, Antoine connaît vraiment la meilleure pizzeria du faubourg où l'on fait les meilleures pizzas au monde.

« Mon Dieu, je l'aime déjà, se dit Bélinda, c'est incroyable. Le bonheur frappe-t-il toujours aussi vite et sans avertissement ? Sans que l'on s'en rende compte ? Ce sera la meilleure pizza de toute ma vie, je le sens. »

— Il faut que je téléphone d'abord à ma mère pour la prévenir. Je ne veux pas qu'elle s'inquiète, elle ne dort jamais avant que j'arrive.

— Pas de problème, il y a un téléphone public chez *Pinocchio*.

Antoine lui sourit. Sans le savoir véritablement, il vient de chasser le vent de déprime qui avait élu domicile dans le cœur et la tête de Bélinda.

— Maman, c'est Bélinda. Je vais rentrer un peu plus tard que je pensais...

À propos de...

Un aveu, pourquoi pas ? Et même deux, tiens ! Le premier : avant d'avoir fait l'amour, une expérience que j'ai vécue assez tardivement par rapport à mes amis (et que j'ai racontée dans un recueil de nouvelles, mais je vous laisse fouiller pour en trouver le titre, petits curieux...), mais on ne choisit pas vraiment le moment. C'est souvent le moment qui vient à nous et parfois on peut attendre assez longtemps. Donc, à l'âge de Bélinda, je craignais de mourir sans avoir passé à l'acte. C'est bête, mais c'est comme ça... mais ça ne m'est pas arrivé. Fiou !

Deuxième aveu, bien que le mot soit fort : comme Bélinda, je rêve à des acteurs et à des politiciens. Ne me demandez pas pourquoi ; ça m'arrive tout simplement. Peut-être faut-il chercher sur le fait que j'écoute le bulletin de nouvelles avant d'aller au lit... enfin. Récemment, j'ai conversé, dans un rêve, un bon moment et en français (!) avec Mike Jagger et, d'autres fois, avec René Lévesque et Jacques Parizeau. J'arrête ici la nomenclature, ça risque d'être long. Psychanalystes de tous les pays, aidez-moi !

Dernière anecdote concernant cette nouvelle que j'ai écrite en étant béni par les dieux et adoré par les muses de l'Écriture : j'étais dans un centre commercial en train de manger une pointe de pizza lorsque j'ai eu cette idée d'UNE FILLE NOMMÉE BÉLUGA dont le titre est calqué sur UN TRAIN NOMMÉ DÉSIR, une pièce de Tennesse Williams. La ressemblance s'arrête là. Donc, c'est dans cette aire de restauration rapide, au milieu du bruit ambiant et des petits vieux qui sont là pour passer le temps et profiter de l'air climatisé, que j'ai bâti le plan de cette nouvelle, les principales idées, les principaux rebondisssements, et ce, au verso d'un napperon. Puis, je suis vite rentré chez moi pour en écrire les vingt pages qu'elle constitue.

Ça ne m'est arrivé que deux fois dans ma vie d'écrivain d'être inspiré de la sorte et d'écrire d'une seule traite, dans une espèce de fièvre, plus de vingt pages de texte, ce qui est assez énorme, enfin dans mon cas. L'autre fois, c'était pour le chapitre 9 du roman UN ÉTÉ SUR LE RICHELIEU qui raconte la conversation d'un père et de son fils sur la vie, sur l'amour, dans une chaloupe sur la rivière Richelieu.

Ces moments-là arrivent rarement... pour moi qui n'écris généralement et, quand tout va bien, que 5 ou 6 pages dans une journée... et elles ne sont pas toutes bonnes, croyez-moi.

Bon, une dernière chose. Je n'écris que lorsque tout va bien dans ma vie. Écrire dans le malheur, très peu pour moi. Mais ça dépend de chacun. D'ailleurs, à la suite de mon divorce, je suis resté deux ans sans écrire et personne ne s'en est plaint... car personne n'attend votre prochain livre !

———

Une fille nommée Béluga, nouvelle publiée dans le recueil *Nouvelles du faubourg*, éditions Pierre Tisseyre, 1995 (presque épuisé).

L'AMOUR

AVEC UN GRAND A

À mon amie,
Jennifer Tremblay

MÉLIE ÉTAIT À LA CAFÉTÉRIA DE L'ÉCOLE
ET ELLE MANGEAIT DES SPAGHETTIS. Sans
beaucoup d'entrain, il faut le dire. De
toute façon, le mardi, c'est toujours des spaghettis. Du spaghat' trop cuit avec une sauce brun
rouge couronnée de tomates écrapouties au
milieu. Pas de quoi féliciter le chef en tout cas.
Au moins, c'est pas trop cher et le pain est bon.

A regardait partout mine de rien

A regardait l'automne à travers les grandes
fenêtres de la café. Elle contemplait les derniers petits oiseaux et elle entendait leur chant.
L'hiver s'en venait à grands pas, comme on dit.

A mangeait ses spaghettis en rêvant. C'est
si bon rêver ! Ça vient tout seul lorsqu'on s'en
donne un peu la peine. Et on peut rêver partout. Dans l'autobus, dans sa chambre, à la
café, au cours d'anglais ou d'histoire.

A regardait partout en attendant personne.
De toute manière, plus souvent qu'autrement,
Amélie dînait seule. Et cette solitude ne l'em-
bêtait pas du tout. Amélie pouvait rêver à
l'amour à sa guise. À l'amour et à celui qui
s'appelle Alexandre.

Alexandre, comme dans Alexandre le
conquérant. Ciel ! qu'elle se laisserait donc

145

conquérir par lui et sur-le-champ ! Immédiatement. Et tout de suite, s'il vous plaît.

Alexandre le tellement beau. Le tellement
sexy avec ses jeans et son t-shirt trop grands
pour lui. Alexandre le magnifique, lorsqu'il
jouait au basket et qu'il enfilait six points
de suite sans s'essouffler. Alexandre le beau
parleur. Alexandre le grand charmeur. Et en
plus, ce qui ne gâchait rien, il ne semblait pas
savoir qu'il possédait toutes ces qualités.

Ah ! heureusement que toutes les filles
n'en étaient pas amoureuses, la concurrence
aurait été trop épouvantable et éprouvante ! Et
la timide Amélie n'aurait pas eu beaucoup de
chance. Elle avait vite remarqué Alexandre le
jour de la rentrée. Un petit nouveau, c'est vite
jugé. Il était avec elle dans ses cours de chimie
et de maths. Dans le groupe enrichi. Alexandre
le bolé qu'elle l'appelait, des fois… mais jamais
au téléphone.

A rêvait encore tout haut et en couleurs
lorsque, sorti de nulle part, il est venu s'asseoir devant elle. Il a bousculé la table avec
fracas parce qu'il s'était accroché gauchement
dedans. Il s'est excusé. Elle n'a rien dit sur le
coup.

A a eu le souffle coupé.

A ce moment-là.

Aujourd'hui.

À midi trente-huit.

Amélie aurait prié le ciel cent jours de suite, aurait monté les marches de l'Oratoire à genoux, aurait fait le pied de grue devant sa maison durant trois mois que cela ne se serait peut-être jamais produit. Mais il était là. Divinement là. Devant elle. Sans gêne. Là, tout simplement. Devant elle. Sans arrière-pensée sentimentale, elle l'aurait juré. Il était là sans doute parce qu'il n'y avait pas d'autres places ailleurs. Mais en regardant bien, oui. Il y avait exactement six chaises libres à quelques mètres de là. Le hasard n'existe peut-être plus.

Alexandre devant elle. Elle croyait rêver, mais cette fois-ci encore la réalité dépassait la fiction.

Amélie a englouti ses spaghettis rapidement. Sans rien dire. Comme dans un film où les silences comptent autant que les dialogues. Elle est partie la première. Peut-être qu'il voulait juste manger avec quelqu'un. Ou faire semblant de ne pas être seul. Pour être le spectateur du silence d'Amélie. Son doux silence. Les parents d'Amélie trouvaient leur fille trop tranquille, pas assez sorteuse, (branchez-vous, les parents !).

Alexandre, trop beau pour être vrai. Même avec ses trois ou quatre boutons, mettons dix. Elle le trouvait beau. Même avec ses lunettes qui lui donnaient un air vachement intello. Même avec ses immenses paluches dont chacune pouvait tenir un ballon de basket, elle le trouvait mignon.

— As-tu tes notes de chimie ? J'ai été malade les deux derniers cours et, comme je sais que tu prends toujours de super bonnes notes, j'aimerais ça que tu me les passes. Je vais te les rendre demain midi. Promis. Je vais les copier ce soir et...

A l'a rien dit sur le coup. Trop surprise. Trop énervée par en dedans. Trop heureuse de rendre service et de le revoir, ça c'est sûr et certain.

Alors, il a répété sa demande.

A l'a dit oui. Elle était déjà sur le pilote automatique. Mais elle s'est vite ressaisie avant d'avoir l'air trop tarte. Les gars n'aiment pas les filles qui ont l'air tarte. Tu pourrais rapporter mes notes chez moi quand tu en auras fini, avait-elle dit dans un filet de voix. J'habite à trois rues de chez toi. Oui, c'est une bonne idée, avait-il répondu en rougissant presque.

A pris son sac et lui a remis son précieux butin. Il a frôlé sa main sans s'en apercevoir. Mais Amélie s'en est aperçue. On aurait dit la brise d'été qui caresse les arbres. Celle qui fait frissonner les écureuils. Sa main était extraordinairement douce pour un gars qui fait du sport. Puis il a fini ses spaghettis en bavardant avec elle. En jasant de tout et de rien. Des banalités. La jeune fille l'écoutait presque religieusement, disons. En se levant, il a dit : À demain. Avec un beau grand sourire. Elle a répondu : À demain. Avec un sourire dans les yeux.

À partir de ce moment, Amélie ne vivrait que pour le lendemain. Heureusement, il ne restait que trente-deux heures à peu près. Ça s'endure assez bien.

À partir du lendemain, tout s'est passé très vite. Presque affreusement vite. Trop vite en tout cas. Le premier baiser. Les autres qui ont suivi. Aussi bons, aussi longs, aussi merveilleux. Les premières caresses. Celles que l'on n'oublie pas. Le McDo, les yeux dans les yeux ; le cinéma, la main dans la main ; la petite bulle qu'on se construit jour après jour, comme un igloo, pour être seuls au monde. Une petite maison bien à soi : brique par brique, silence par silence, regard par regard. Le patinage sur le canal Rideau. Les rires et les farces plates qu'on trouve drôles quand même. Les téléphones à n'en plus finir. S'endormir en serrant son oreiller bien fort. Se réveiller en se disant qu'on verra l'Amour de sa vie dans moins d'une heure. S'embrasser encore et encore ; sur la rue, sur le trottoir, mais surtout sur la bouche. Ne vivre que pour l'autre ou presque. Puis tout ça s'évanouit comme par enchantement... comme un château de cartes.

A pense que des fois, le bonheur, c'est comme l'eau qui vous file entre les doigts.

Avant même que le printemps ne commence, tout était fini. Mais oui, je t'aime encore, mais ce n'est plus comme avant. Restons amis. La belle phrase, oui. La belle menterie. Je n'ai jamais entendu une phrase aussi stupide. Une phrase qui fait aussi mal. Elle demande s'il y a une autre fille dans sa vie. Il dit non. Il dit non en fixant le plancher, le bout de ses souliers, le mur beige, l'horloge qui prolonge le supplice. Il dit non en regardant partout sauf en la regardant dans les yeux. Ses beaux yeux qu'il aimait tant, il n'y a pas si longtemps. Ses beaux yeux dans lesquels il se noyait avec bonheur chaque soir. Il ment maintenant comme il respire. Il y a sûrement une autre fille, ce n'est pas possible. Il jure que non. Mais elle ne le croit pas. Elle est amoureuse encore, mais elle n'est ni folle ni aveugle. Maintenant, les appels téléphoniques durent à peine cinq minutes. Amélie pense que son chien est mort. Alexandre n'emprunte plus ses notes de chimie et il mange maintenant avec sa gang.

Alissa est dans le décor. Elle est belle. Mais pas tant que ça. Elle a de beaux cheveux. Elle est mince. Trop mince. Je parierais ma blouse que cette fille-là est anorexique au cube. Maudite Alissa, moi qui pensais que tu étais mon amie.

Amélie a des yeux pour voir. Mais à quel moment précisément, à quelle minute Alexandre a-t-il commencé à moins l'aimer ? Était-ce un jeudi après une partie de basket ou un samedi après avoir regardé un film chez elle ? Elle aimerait bien le savoir. Mettre le doigt dessus. Elle ne le saura jamais. Il y aura toujours des secrets impénétrables dans l'âme humaine.

À quoi bon !

Amélie pleure sa première peine d'amour. Elle l'aime encore de la racine des cheveux jusqu'au bout des ongles. Elle s'enferme seule dans sa chambre durant de longues soirées. Ses parents commencent à trouver qu'elle est bien tranquille et constatent qu'Alexandre, qu'ils n'aiment pas tellement au fond, vient à la maison bien moins souvent que d'habitude.

Amélie est seule au monde. À la dérive dans sa peine. Le nez rouge. Les yeux rouges et le cœur en charpie. Ce n'est pas juste puisqu'elle l'a toujours aimé et qu'elle l'aime encore, elle. Elle l'aime encore avec un grand A. Elle pourrait même l'aimer pour deux.

A pleure le soir. Le matin aussi, le midi en cachette dans les toilettes et encore le soir.

A l'aurait envie d'en finir avec la vie. Déjà. Pourtant, sa vie ne fait que commencer.

A l'a le goût d'avaler cinquante-six mille cochonneries pour être ailleurs et ne plus souffrir.

Amélie a sombré dans la déprime. Quand même. Même si elle ne voulait pas. Son amour est devenu le Titanic. Et ses yeux, les chutes du Niagara. Tu ne t'en souviendras plus le jour de tes noces, avait dit son père. Maudite farce plate ! Il n'y a que lui pour en pousser de semblables dans des moments tragiques comme ça. Elle ne l'écoute même plus. Elle n'écoute que son cœur qui a mal. Que son cœur qui se vide petit à petit.

Amélie ne s'accrochera pas à Alexandre. Elle n'insistera pas. Par orgueil. Par amour pour elle-même.

Après tout, c'est bien à elle qu'il a dit : *je t'aime*, la première fois. Ça compte, ça. Et ça ne s'oubliera jamais.

Alissa peut bien prendre toute la place maintenant si elle veut. Elle le lui laisse, le beau Alexandre. Le maudit Alexandre. Alexandre, le roi des salauds.

Amélie reprend maintenant lentement le dessus. Elle mange. Elle parle. Elle sourit. Elle rêve un peu aussi. La vie est souvent plus forte que tout. Heureusement. L'eau a coulé sous les ponts et les larmes aussi sur ses joues. Puis Amélie a connu Adam. Un gars drôle, mais qui niaisait souvent. Trop souvent à son goût, en tout cas. Pas fiable pour deux sous. Toujours en retard. Jamais un mot d'excuse.

A l'a laissé tomber. C'est la première fois qu'elle laisse tomber un gars. Amélie s'aperçoit que ça fait moins mal que lorsqu'on est laissée. On se sent encore comme une ordure, mais pas dans le même sens du terme. C'est drôle. Puis elle a ensuite rencontré Alexis.

Avec Alexis, c'est le sport, toujours le sport. C'est humiliant de passer toujours après le baseball, le hockey, le soccer, le football… Alouette ! Les sports pis les chars. On dirait que ça va ensemble. Ensuite, ce fut Anthony, un poète. La tête dans les nuages, mais les deux pieds dans la bière. Il prenait un verre. Deux, des fois. Souvent plus. Elle a donc laissé le poète avec son verre de trop avant qu'il ne l'apostrophe pour de bon. L'amour, la haine plutôt, laisse toujours des marques, mais elle ne voulait pas de celles-là.

Arnaud travaillait dans une banque. Elle l'a aimé à la folie. Sans compter, c'est le cas de le dire. Elle aurait tout laissé pour lui. Elle aurait été au bout du monde pour aller lui chercher un litre de lait, s'il le lui avait demandé. Mais pas lui, par contre. Pour dire vrai, il était déjà marié et il avait deux enfants. Amélie a pleuré toutes les larmes de son corps, même si elle croyait depuis longtemps qu'il ne lui en restait plus. Chaque fois qu'Amélie donne son cœur et son corps, chaque fois, elle pense que c'est pour l'éternité.

Alexandre est devenu un beau souvenir, mais elle ne se rappelle plus très bien son nom de famille. C'était Arsenault ou Archambault ? C'était Arsenault, lui a confirmé Alissa, qui est redevenue sa grande copine.

Andrew, quelques années plus tard, est arrivé comme un rayon de soleil. Et il est reparti en laissant la pluie… puis un arc-en-ciel tout de suite après. L'arc-en-ciel se prénomme Simon, un enfant qu'Andrew a laissé derrière lui avant de partir. Il était déjà parti des dizaines de fois avant de la laisser tomber pour de bon. Par la suite, Andrew n'a jamais donné signe de vie… ni signe de piastres. C'est bizarre, mais Amélie a toujours cru qu'il reviendrait un jour. Son mari n'est jamais revenu. On peut se tromper parfois.

Antoine ! C'était vraiment l'amour avec un gros tas. Mais qu'est-ce qu'il était bien venu faire dans sa vie, celui-là ? Avec l'expérience qu'elle avait, comment avait-elle pu s'embarquer dans une histoire semblable, dans une chaloupe sans rames, avec un type comme ça ? Comment avait-elle pu s'amouracher bêtement d'un mec comme lui ? Un grand mystère. Que des regrets… sans les pleurs toutefois.

Amélie frôle aujourd'hui la soixantaine. Son fils est grand et elle ne le voit plus très souvent. Il vit à Vancouver. Aussi bien dire à l'autre bout du monde et il fait des affaires d'or avec des Asiatiques. Il a l'air d'aimer la vie. Et la vie a l'air de lui rendre la pareille. Amélie aurait bien aimé avoir une fille aussi...

Amélie est toute seule aujourd'hui. Les années passent encore. Elle ne s'en fait pas. Elle est bien. On est toujours bien quand on est bien avec soi-même. L'amour revient toujours, car il ne s'en va jamais complètement, lui avait dit Alissa qui était restée sa meilleure amie. Peut-être même la seule. Mais Amélie l'avait écoutée d'une oreille distraite. Elle était en train de lire un roman d'amour.

Après une douzaine de parties de bingo au centre d'accueil Les Vieux Saules, un soir, un homme de son âge avait pris sa main toute rousselée par le temps et, en la dévorant intensément des yeux, il lui avait déclaré avec passion :
— Amélie, je t'aime...

À propos de...

Au siècle dernier, au tout début du siècle dernier surtout, on mourait souvent par amour. La littérature regorge de ces tragiques destins romantiques. De nos jours, on meurt de moins en moins par amour. C'est mieux ainsi. Mais il y a toujours des drames passionnels, par contre.

Les mariages durent moins longtemps que la vie d'un frigo. Avant, les frigos duraient plus de 30 ans, maintenant beaucoup moins, à peine dix ans. Par ailleurs, avec la disparition dans les voitures de la banquette simple à l'avant au profit des fauteuils individuels séparés au centre par la boîte de transmission, on a enregistré une nette progression des divorces... Je blague, les divorces n'ont aucun rapport avec les frigos ni avec la banquette avant d'une automobile.

Mais cette nouvelle, L'AMOUR AVEC UN GRAND A, c'était pour dire aux ados que l'amour prend toutes sortes de formes avec l'âge, qu'on n'arrête pas d'aimer parce qu'on a été plaqué-e, que l'amour est souvent plus fort que tout, plus fort que la police, comme disait ma mère, et qu'on peut aimer plusieurs fois dans une vie.

Même une fois rendu-e au centre d'accueil. Bref, l'amour n'a pas d'âge. Ce n'est plus la peine de mourir pour un chagrin d'amour, mais on peut continuer d'avoir de la peine encore et de souffrir un peu, beaucoup, passionnément... durant un certain temps, mais pas trop.

On passe notre vie à aimer : nos parents, nos enseignants, nos amis, notre best, notre blonde, notre chum, les belles-filles, les beaux-frères, les grands-parents, notre premier enfant et les autres qui suivent, nos collègues de bureau...

On passe notre vie à aimer... et à vouloir être aimé. Pour l'amour, il y a toujours de la place dans le cœur de l'Homme.

L'amour avec un grand A, publiée dans le recueil *Ah ! aimer...* aux éditions Vent d'ouest, 1977... qui était aussi une commande de l'éditeur. Décidément les nouvelles sont souvent des commandes, comme on peut le constater.

ON MENAIT 38 À 17

*À mon ami Fabien
parce que le monde du livre,
c'est du sport !*

C'ÉTAIT AU TEMPS… OÙ IL FALLAIT SE LEVER POUR CHANGER DE CHAÎNE OU RÉGLER LE VOLUME DE LA TÉLÉVISION. De plus, le choix était mince : Radio-Canada en français ou Télé-Métropole. Chez nous, on n'écoutait jamais la télé en anglais.

C'était au temps… où les bancs de neige étaient deux fois plus hauts que moi.

C'était au temps… où il faisait vraiment froid et où on connaissait une tempête du siècle chaque année.

C'était au temps… où on ne savait pas encore qu'il ne fallait pas mettre sa langue sur un poteau en métal.

C'était au temps… où Jean Béliveau, Boum Boum Geoffrion, Henri Richard, Jean-Guy Talbot et Jacques Plante jouaient comme des dieux.

C'était au temps… O.K., ça va faire.

Ce soir-là, une petite neige tombait, douce et romantique. Une petite neige *She loves you yeah yeah yeah…* que je regardais flotter entre deux lancers, entre deux arrêts devrais-je dire, car j'étions gardien de but. Je devais avoir douze ans, douze ans et quart. J'étions grand, beau et mince. Un vrai fil à couper le beurre. Les temps nous changent, faut croire.

Je me suis fracturé un bras en ski (non mais, quel sportif !) en me prenant pour un certain Jean-Claude Killy et je joue avec un bras dans le plâtre. Le gauche. Un vrai héros.

Après le souper, on se retrouve sur la patinoire et selon que l'on est huit, dix ou onze, on sépare la gang en deux parties presque égales pour jouer au hockey-bottine… avec une balle de tennis parce que ça fait moins mal.

On divise la gang en deux, mais la patinoire en trois, car on prend seulement un tiers de la patinoire, dans le sens de la largeur, c'est moins fatigant. Pas fous les mecs ! On a beau être des champions, on n'est tout de même pas des malades.

On joue sans arbitre et les buts sont délimités par deux mottons de glace bien durs. Pas de ligne rouge, pas de lignes bleues, mais des lancers de punition pour un oui ou pour un non. Pas de contrats de huit millions US. Pas de tuque non plus, on l'a enlevée en tournant le coin de la rue. Un lampadaire ou deux font office d'éclairage. Pas de filles, pas de parents dans les estrades. En fait, il n'y a pas d'estrades.

On mène 9 à 3.

On joue comme des démons. J'arrête tout. Enfin presque tout : les revers, les *slapshots*, les lancers frappés aussi, les déjoues et les coups de bâton, involontaires, bien sûr. Je coupe les passes dangereuses. Et comme René Lecavalier, à chaque arrêt, je m'exclame :

— Et Plante bloque !

Plante et bloque sont deux mots franchement indissociables.

On mène 15 à 6.

Mon plâtre m'aide énormément. Ça fait déjà quelques semaines que je l'ai et, au hockey, je m'en sers comme biscuit. Et la balle rebondit comme par magie sur la palette de Meloche qui file comme une gazelle, en déjouant tout le monde, jusqu'au but adverse.

On mène maintenant 30 à 12.

Des fois, quand Meloche y pense, il fait une passe. « Mais au hockey, ça va tellement vite qu'on n'a pas le temps de penser », disait souvent Meloche. Et comme Meloche est plutôt du genre armoire à glace… « La raison du plus fort est toujours la meilleure », c'est peut-être Jean de La Fontaine qui a inventé ça, mais chez Meloche, c'est une notion innée.

On mène 38 à 17.

L'adversaire est obnubilé par nos prouesses. Il ne fait plus rien qui vaille depuis dix bonnes minutes. On attaque comme des vautours. Ça *snappe* et ça bourdonne autour du filet. Pas le mien, l'autre. On contrôle le jeu à la perfection. De vrais Russes avant la lettre.

Soudain, Meloche décroche un tir d'une puissance inouïe. Un peu trop inouïe de l'avis de tous. Et la balle atterrit dans un banc de neige. Loin derrière le but. Plus loin que ça. Là où il n'y a aucune lueur. Juste un sombre sillon nous indique l'endroit où la balle est allée se loger.

Meloche baisse la tête. Pas trop fier de lui. Tardif lui crie :

— Meloche, c'est toé le finfinaud qui l'as garrochée, c'est toé qui vas aller la chercher !

Meloche ne riposte pas. C'est la consigne et tout le monde s'est entendu là-dessus il y a des lunes.

Meloche enjambe la bande et cale dans la neige presque jusqu'à la taille. Il farfouille avec son hockey pendant une éternité. Bisaillon, Chouinard, Cléroux vont lui porter secours. Le gros Tardif aussi, à ma grande surprise. Moi, je reste dans mes buts… vu que j'ai un bras dans le plâtre. La belle excuse !

C'est la seule balle qu'on avait. Évidemment. On menait 38 à 17.

On aurait pu les battre 52 à 23. Je le sais. Je le sens, mais il a fallu que le maudit Meloche lance la balle dans un grand banc de neige comme un malade pour mettre fin à cette fabuleuse partie. La meilleure de ma carrière.

— Maudit Meloche, que j'ai murmuré.

— T'as raison, a répété Cléroux. Maudit Meloche !

Puis, Meloche crie :

— J'vas acheter une autre balle pour demain soir, les gars.

Mais le mal était fait.

Pas grave au fond, demain soir on aura tout oublié.

À propos de...

Cette histoire est tout à fait réelle. À défaut de rêver de la Ligue Nationale, on jouait au hockey-bottine chaque soir après le souper. J'étais toujours grand pensionnaire, comme on le disait à l'époque, au Collège Notre-Dame ; donc je ne sortais de cette « prison » qu'à Noël, à Pâques et pour les vacances d'été. Je ne m'en suis jamais plaint ou presque, sauf que je n'ai jamais voulu envoyer mes enfants au collège privé... et surtout pas au pensionnat. Mes parents m'ont trop manqué. Ce qui peut expliquer bien des choses aujourd'hui mais, par contre, j'ai connu la franche camaraderie et la solidarité entre gars... et la lecture aussi, car les Frères avaient une imposante bibliothèque.

Mais je reviens à mes moutons sur bottines : on jouait donc tous les soirs, beau temps, mauvais temps, sur la largeur de la patinoire avec une balle de tennis pour que ça nous fasse moins mal.

Puis on rentrait, épuisés, en sueur, mais heureux d'avoir marqué 38 buts contre 17... et souvent on arrêtait de compter les points bien avant ça.

On menait 38 à 17, nouvelle publiée dans le collectif
Une enfance bleu blanc rouge, collectif dirigé par Marc
Robitaille, éditions Les 400 coups, 2000.

MENSONGES

TÉLÉVISÉS

Renaud Plante
et à son amour pour le 7ᵉ art

J'ÉTAIS JEUNE. CINQ OU SIX ANS, PEUT-ÊTRE MÊME SEPT. Quand on est jeune, on ne se souvient plus très bien de son âge une fois devenu vieux. J'écoutais l'émission *Bobino* religieusement. En fait, pour être franc, j'attendais toujours avec impatience les dessins animés. Il y avait *Félix le Chat*, *Le capitaine* et *les souris Mickey* et il y avait aussi *Monsieur Pipe* que je détestais royalement. *Monsieur Pipe* lorsqu'on y repense à mon âge, on sourit. Plus tard, j'ai connu madame Pipi à Paris, mais c'est autre chose.

Toujours est-il que Bobino, tous les jours, montrait avec enthousiasme les dessins qu'il recevait des petits amis. Il lançait aussi des vœux d'anniversaire. Le mien arrivait toujours le 4 janvier. C'est encore le cas. Le 4 janvier, enfer et damnation ! « C'est bien trop près de Noël, me disaient mes parents. Il n'y a plus rien dans les magasins et, en plus, on est cassés comme des clous. » Deux excellentes raisons, mais quand même… Je leur ai toujours secrètement reproché d'avoir échangé leur fluide amoureux dans la nuit du 4 avril, si on calcule sèchement. Et cette année-là, c'était dimanche de Pâques ! En tout cas.

171

Toujours est-il que mon anniversaire se passait dans un silence plutôt plat. Un gâteau et un cadeau et le tour était joué. Pour recentrer le monde sur ma petite personne, ce 4 janvier 1955, 1956 ou 1957, alors que ma mère était dans la cuisine et que j'étais allongé sur le tapis de Turquie acheté en solde chez Dupuis Frères, j'ai crié :

— Bobino vient de me souhaiter un bon anniversaire !

— Ah oui ! fit ma mère incrédule.

— Oui, oui, oui, il a dit : « Bon anniversaire, Robert »… et aussi aux autres comme Louise, André, Luc…

Ma mère s'est contentée de sourciller sans me contredire. Oh ! bonne mère !

C'est ce jour-là, vers quatre heures et quart, que j'ai compris que le mensonge est à la portée de tout le monde. Plus tard, j'ai appris et vérifié qu'on pouvait mentir à tout le monde, sauf à soi-même.

Ce fut, je crois, mon premier mensonge, mais pas le dernier, parole d'honneur.

Comme c'est le premier mensonge qui coûte, les autres ont été engendrés dans la bonne humeur et l'insouciance totale. Ainsi, à l'âge des boutons qui ne veulent pas disparaître, lorsque ma mère me demandait quel film j'avais écouté la veille, en faisant un peu de bruit dans le salon – ah ! la damnée chaise berçante – je répondais invariablement :

— Un western.

Alors que j'avais écouté *Emmanuelle 1* ou *2* ou encore le *5*, qui est nettement supérieur aux quatre autres. Tous les fans du cinéaste suédois Ingmar Bergman qui ont aimé *Cris et chuchotements* sous-titré en grec ancien savent ça.

À l'école, je disais donc que j'écoutais *Format 30* ou *Format 60**, alors qu'en réalité, je regardais *Parle, parle, jase, jase*** avec le beau Réal Giguère, philologue et sémiologue à ses heures. Pour mes amis écolos avant l'heure, j'écoutais *La Semaine verte* ou *Le Roman de la science* pour pimenter mes conversations.

Dans les sondages, car j'ai souvent été sondé, je cochais les émissions les plus sophistiquées pour bien paraître, même anonymement. Car il ne faut jamais prendre de risque avec l'anonymat, c'est d'ailleurs devenu la devise de l'Association des paranoïaques… anonymes.

Je dois avouer que les sondages m'ont toujours laissé perplexe. Selon BBM ou Nielsen, 833 425 têtes de pipe (encore lui !) auraient regardé tel film ou telle émission. La belle affaire ! Beau mensonge, oui. Comment font-ils pour les compter ? Tiennent-ils compte de ceux qui dorment durant l'émission, qui vont

---

* Une émission d'affaires publiques sérieuse, parfois hermétique pour un jeune de mon âge.
** Une émisison de variétés plutôt légère, disons.

au petit coin, qui mangent une bouchée, qui lisent le journal, qui zappent sans arrêt, ou lancent-ils des chiffres en l'air pour épater la galerie ? Mystère et boule de gomme. Et dire que les annonceurs croient tout ça !

La télévision est une source de mensonges. D'ailleurs, j'ai bien vite compris que les personnes qui se trouvaient à l'intérieur de la petite boîte RCA, avec des oreilles de lapin, étaient en réalité plus grandes que douze pouces et que plusieurs étaient prêtes aux pires bassesses pour y entrer et y demeurer le plus longtemps possible.

❀❀❀

Changement de chaîne. L'autre jour, au souper, je racontais à mes enfants les premiers balbutiements de la télévision ; que c'était en noir et blanc, qu'on avait un vaste choix : Radio-Canada en français ou Radio-Canada en anglais et qu'il fallait se lever pour changer de chaîne. Ils ont cru que je mentais, c'est bien pour dire.

La télévision constitue cependant une bonne gardienne. Hé ! les jeunes, sortez vos mouchoirs : mon père était décédé, ma mère était veuve, j'étais orphelin et tout ça, c'est arrivé dans l'ordre et durant la même journée[*]. Le temps produit toujours un grand

---

[*] Oui, il m'arrive de me répéter !

effet de distanciation… Ma mère gagnait peu d'argent. Elle travaillait dans une usine textile et lorsqu'elle rentrait le soir, elle filait souvent un mauvais coton, excusez-la. Elle n'avait pas le choix de me laisser seul à la maison durant les jours de congé et les vacances. C'est bien après qu'ils ont inventé la DPJ et le service de garde…

J'ai passé toutes mes matinées et tous mes après-midis ensoleillés ou pluvieux à regarder de vieux films en noir et blanc. J'ai vécu des heures inoubliables et merveilleuses avec Bourvil, Fernandel, la belle Edwige Feuillère, Arletty, Pierre Fresnay, Pierre Larquey, Maurice Chevalier, Sacha Guitry et l'incontournable Pauline Carton.

Ah ! la télévision, une belle menteuse, mais une sacrée bonne gardienne !

À propos de...

Mes parents travaillaient tous les deux pour joindre les deux bouts... ce qui n'est jamais arrivé d'ailleurs, malgré leurs efforts combinés. Bref, je me gardais tout seul. C'est ainsi que j'ai découvert le cinéma... à la télé. Ma mère me présentait ses grands acteurs : Raimu, Louis Jouvet, Danielle Darrieux, Jean Gabin, Michèle Morgan et Fernandel, etc. ... puis, avec le temps, le cinéma l'a dépassée et, ce fut à mon tour de lui faire connaître les acteurs de ma génération : Jean-Paul Belmondo, Jean-Louis Trintignant, Anouk Aimée, Louis de Funès, Jeanne Moreau, Gérard Depardieu, etc.

Je me souviens aussi lorsqu'on passait un film qui se déroulait au Moyen Âge ou à la Renaissance à la télé, ma mère disait : Ah non ! pas encore un vieux film ! Je n'ai jamais osé lui demander ce qu'elle entendait par là... Pour elle, je crois, c'était comme si le cinéma avait toujours existé.

❁

Pour en venir à cette nouvelle, je ne me souviens plus très bien si j'avais fait cette blague ou non à ma mère à propos de Bobino, mais c'est bien possible.

———

Mensonges télévisés, nouvelle publiée dans le collectif *Une enfance en noir et blanc*, ouvrage dirigé par Raymond Plante, éditions les 400 coups, 2002.

JE L'AI ÉCHAPPÉ BELLE !

À Guillaume
qui aurait bien aimé...

J'AVAIS DOUZE ANS À L'ÉPOQUE. J'étais pensionnaire au collège. Je jouais au hockey comme tous les jeunes de mon âge et j'ambitionnais de faire partie de l'équipe Pee-Wee du collège, ce qui m'aurait permis de sortir justement du collège, de voir du pays et des filles aussi, bien entendu. Je patinerais cheveux au vent, je compterais des centaines de buts, je les éblouirais toutes. Ou à tout le moins une. Je n'étais pas très exigeant dans ce temps-là.

À l'époque, il n'est pas inutile de le rappeler, on jouait sur des patinoires extérieures, défiant le vent glacial sans casque protecteur. Ah ! oui, petit détail technique, il fallait arroser la patinoire les soirs de grands froids et y passer la gratte lorsqu'il y avait eu une bordée de neige. Quant à la zamboni (pas très loin de l'Australie), oubliez ça !

Toujours est-il que c'était le frère Jean-Jacques Olivier de la Dauversière dit de La Vérendrye qui nous faisait passer le grand test pour faire partie de l'équipe officielle du collège. Son acolyte, le révérend frère Marcel Marie de La Salle dit de Repentigny les

Bains[*] était là aussi avec son calepin et son œil mauvais.

C'est ainsi que, par un bel après-midi ensoleillé de décembre, quatre-vingts jeunes imploraient le Destin avec un grand D. On patinait comme des fous. On s'époumonait comme des diables dans l'eau bénite. On faisait des virages à quatre-vingt-dix degrés sur un dix cents. On freinait comme des ambulances devant l'urgence. Bref, on donnait notre 110 % bien avant l'émission du même nom. J'avais terminé la routine demandée et je restais là, essoufflé sur le bord de la bande, à regarder les autres s'esquinter. Je n'étais pas le meilleur, certes, mais je n'étais pas le pire non plus. Je convoitais le numéro 11 ; je rêvais à l'uniforme et à l'équipement presque neufs que j'aurais et aux merveilleuses sorties que je ferais.

Mes statistiques personnelles jouaient cependant contre moi : je n'avais marqué qu'un seul but l'année précédente… et dans un filet désert en plus, mais, heureusement, les statistiques locales restaient muettes sur cette précision. J'étais défenseur, il faut le dire et, à la défense, on compte forcément moins de buts. Par contre, on fatigue moins et ça me permettait du même coup de piquer des jasettes avec mon ami Barselou, le gardien de but.

---

* C'est malheureux que je ne sois pas payé au nombre de caractères !

Après la sélection, j'ai passé la nuit au dortoir avec mes soixante-dix-neuf compagnons – après, ça me faisait tout drôle de dormir seul dans une chambre ! Plusieurs dormaient sur leurs deux oreilles, mais moi, je gardais les yeux ouverts en invoquant le petit Jésus et tous les saints que je connaissais afin qu'ils intercèdent en ma faveur. Je vous épargne cette liste divine.

Le lendemain, les yeux cernés jusqu'aux coudes, je suis descendu au réfectoire. À l'entrée, il y avait la liste des heureux élus. J'ai lu et relu la feuille cent fois pour constater que mon nom n'y apparaissait pas. L'humiliation totale ! Une injustice flagrante, un oubli monstrueux… Je suis allé voir le frère Jean-Jacques Olivier de la Dauversière dit de La Vérendrye pour lui demander des explications et pour faire pencher la balance de mon côté. Il a été implacable.

— Écoutez, monsieur Soulières, m'a-t-il dit d'un ton autoritaire et qui n'admettait aucune réplique, votre coup de patin est trop mou et vos virages à droite sont désolants d'inhabileté et de lenteur. À votre place, j'abandonnerais illico le hockey pour me consacrer au ping-pong ou aux quilles.

Je suis resté bouche bée.

En effet, que répondre à ça ?

Rien:

J'ai retenu mes larmes jusqu'au cours de maths.

Aujourd'hui, je crie victoire !

Je l'ai échappé belle. En effet, si j'avais été choisi pour faire partie de l'équipe Pee-Wee du collège, mon destin aurait été inexorablement scellé. Je serais passé au niveau Bantam, puis Midget, Midget AAA, j'aurais joué pour l'équipe du cégep pour passer, haut le patin, à la ligue de hockey junior majeure du Québec, La LHJMQ si on veut abréger. Et un jour, vous le devinez bien, j'aurais inévitablement été choisi comme première recrue pour le Canadien de Montréal, moi qui avais déjà le CH tatoué sur le cœur depuis l'âge de six ans.

À titre de première recrue, j'aurais signé un contrat fabuleux de trois millions de dollars – US, bien sûr –, et par année *of course*, et tout ça assorti d'un bonus d'un million à la signature.

Aujourd'hui, avec la valse des millions dans le sport professionnel, on a oublié la réelle signification de cette somme. Un million de dollars, c'est le salaire d'une seule personne, un prof parmi mes amis, mettons, qui gagne 50 000 $ par année durant vingt ans ! Imaginez trois millions, maintenant ! Il faudra donc à ce même prof, qui est encore mon ami, soixante rentrées scolaires, mille huit cents élèves, deux *burn-out* et un nombre incalculable de parties de ballon-chasseur pour gagner ce salaire.

Mais qu'aurais-je fait de tout cet argent, je vous le demande ? Des fois c'est trop !

La belle vie… peut-être. Mais j'aurais aussi dormi avec un autre gars dans la même chambre à Denver, à Chicago, à Boston, et ce, pendant des années. J'aurais dû respecter le couvre-feu de 22 heures. Je me serais vu forcé d'acheter des chemises à 600 $, des complets Armani à 3 000 $ et une voiture à 200 000 $. Quelle misère !

Mais la gloire est éphémère. On m'aurait bientôt fait jouer sur le banc durant deux matchs d'affilée, peut-être cinq. Je me serais blessé à l'épaule, au dos et à la « laine », comme Maurice Richard. J'aurais souffert d'une «turbite », comme Boum Boum Geoffrion, je me serais étiré des muscles, cassé le nez, un doigt, trois ou quatre fois, j'aurais le visage massacré… enfin plus massacré que celui que j'arbore aujourd'hui, j'aurais eu quatre commotions cérébrales au bas mot, et cinq blessures au bas-ventre, je me serais battu sur la patinoire, sur le banc et dans les bars, j'aurais les deux yeux au beurre noir, on m'aurait crié chou ! chou ! aux douches ! J'aurais joué sur le quatrième trio, j'aurais pris des stéroïdes anna-bolo… anaboli… anna na na hey hey Goodbye !... en tout cas, de drôles de substances et de sirops pour être plus performant, car il y a des soirs où le corps, trop fatigué, nous lâche. J'aurais bafouillé des explications moitié en anglais moitié en français et le reste dans une autre langue que je n'aurais pas comprise et j'aurais probablement fini ma carrière comme dépisteur à Hearst ou au fin fond de l'Alaska.

Ouf ! Oui que je l'ai échappé belle !

Merci, frère Jean-Jacques Olivier de la Dauversière dit de La Vérendrye.

Par contre, pour les quilles, je me prépare fébrilement et je compte devenir, dans quelques années, le meilleur joueur du centre d'accueil !

À propos de...

Tant mieux pour vous cette fois, car je n'ai pas grand-chose à ajouter ici, sinon que c'est une histoire pratiquement vraie. Sauf le nom du Frère, bien sûr.

J'ai rêvé à la Ligue nationale, mais j'étais vraiment poche au hockey comme dans l'expression poche de hockey. Tant mieux au fond, mais mon fils Guillaume aurait pu. Finalement, l'idée de prendre ma douche avec 16 autres gars de l'équipe ne me souriait pas tellement.

Je l'ai échappé belle, nouvelle publiée dans le recueil *Les nouvelles du sport*, collectif sous l'égide de l'Association des Écrivains pour la jeunesse du Québec (AÉQJ), éditions Vent d'ouest, 2003.

UNE PETITE

PAUSE

À mon vieil ami Nando,
le crack des craks en informatique

VOILÀ, JE N'ARRÊTE PAS DEUX SECONDES. À la longue, c'est épuisant. Ouvrir un dossier. Dupliquer un autre dossier. Créer un alias. Il y en a même qui ne connaissent pas ça, chut ! Rechercher, remplacer, atteindre. Couper / coller. Répéter la mise en forme… comme si c'était de la gymnastique. Ne pas oublier les italiques, les mots en gras ou de souligner un groupe de mots.

Non, je vous le dis, je n'arrête pas deux secondes. Insérer un saut de page, paginer et quoi encore ? Changer la casse pour de petites majuscules peut-être ? Je n'ai pas que ça à faire ! Et souvent, je reste allumé toute la journée au cas où… Et toutes ces familles à entretenir et les pensions alimentaires que cela suppose : New century school book, American typewriter, Baskerville et Garamond. Je vous épargne cette liste infinie, sans compter qu'il y a aussi leurs cousins : en romain, en italique, en léger, **en gras**, en *italique gras souligné,* etc. Les caprices n'en finissent plus.

Et dire que 90 % des gens n'utilisent qu'une partie infime de mon potentiel. Au fond, je ne devrais pas me plaindre, mais c'est plus fort que moi, le travail m'a toujours rebuté, un rien me fatigue. Sans doute suis-je un ordinateur fragile émotivement, paresseux… Trouver un synonyme par exemple, ce n'est pas toujours de la tarte. Ah ! ce sacré Bill Gates, si je lui mets la main dessus, un jour, il aura affaire à moi. En attendant, on peut toujours rêver d'un syndicat des ordis ou d'une convention collective équitable.

Mais tout ça n'est rien, on m'ajoute, sans mon consentement en plus, de multiples logiciels tous plus importants les uns que les autres. Tiens, un exemple, j'en possède un pour calculer la racine carrée de 1237567456, multipliée par 54, divisée par 567, en soustrayant l'âge du capitaine du bateau tout en tenant compte de la couleur de ses chaussettes. Des calculs insipides ! Il y a de quoi se rebeller, non ?

Et je ne vous parle pas des statistiques. Tenez, jusqu'ici ce texte a 379 mots, 1 493 caractères – espaces non compris –, mais avec les espaces, ça nous en donne 1 818. De plus, il y a 4 paragraphes et 35 lignes… Toute une performance, hum !

Mais on n'arrête pas le progrès : maintenant, je surfe sur Internet, oui môssieur ! Je surfe pour connaître l'âge de la première blonde de Napoléon ou pour trouver le poids atomique du phosphate. Je surfe alors que je ne sais même pas nager, vous trouvez ça

normal ? Je surfe aussi pour *chatter* et raconter n'importe quoi, à n'importe qui, au beau
milieu de la nuit, sans compter que, parfois,
je cherche des images, disons, ou des films
plutôt olé olé, enfin, bref, tous les goûts sont
dans la nature, hum… Je reçois des tonnes
de courriels, et encore plus de pourriels. Ça
prend toute une mémoire et, certains jours,
une grande corbeille.

On me branche un jeu vidéo et je suis
censé réagir au quart de tour. Mais le pire du
pire, c'est de supporter les âneries du père
de mon propriétaire, un vieil écrivain qui se
croit plein de talent et qui pond des phrases
lamentables du style : *La ballerine en tutu a
bu, elle titube et tombe. Ça fait mal en titi.* Y a
des jours franchement où… et puis tiens, j'en
ai assez……………..

— Nicolas, l'ordinateur est gelé.
— As-tu essayé la souris ?
— Oui.
— As-tu essayé d'enfoncer les touches
Pomme et Alt en même temps ?
— Oui, j'ai tout fait ça, mais ça ne fonc-
tionne pas. Tout est gelé. Rien ne bouge, je te
dis.
— Alors, éteins tout et redémarre.

— Es-tu certain ? Je vais perdre une bonne partie de mon travail en histoire.

— C'était à toi de prévoir la sauvegarde automatique. Je te l'ai dit mille fois. Éteins tout et redémarre, c'est la seule façon. Habituellement, ça marche.

— D'accord, d'accord…

@

Oooooouuuuuufffffff ! Ça fait du bien, des fois, une petite pause. Quelques microsecondes me suffisent et c'est le paradis !

À propos de...

J'ai commencé à écrire à la main, comme tout le monde. Puis, vers 18 ans, pour plus de rapidité, je me suis mis à la machine à écrire. J'ai longtemps écrit sur des machines à écrire que j'empruntais pour une longue période.

La première machine à écrire que j'ai achetée avait un ruban correcteur, ô merveille ! C'était une Brother électrique... la Cadillac ou presque à l'époque. La Mercedes étant la IBM électrique avec une sphère. Grâce à l'IBM, on pouvait taper plus vite que son ombre. Ce que faisait très bien, d'ailleurs, mon ami Daniel Sernine.

Ensuite, l'ordinateur est apparu : couper, coller, dictionnaire orthographique... bref, mille et un usages qui en font une invention franchement formidable et à la portée de toutes les bourses ou presque... si on se prive sur d'autres choses.

J'affectionne particulièrement les modèles Apple depuis plus de vingt ans. Je me suis même procuré un ordi portatif et je peux écrire partout dans les hôtels où je passe quand je visite les salons du livre du Québec. Bien sûr, les ordinateurs sont plus performants que les machines à écrire de l'époque mais, malheureusement, ils ne donnent pas encore de génie pour écrire mieux. Prévenez-moi dès qu'on inventera cette nouvelle machine !

_____

Une petite pause, nouvelle publiée dans le recueil *Virtuellement vôtre,* collectif sous l'égide de l'Association des Écrivains pour la jeunesse du Québec (AÉQJ) aux éditions Vent d'ouest, 2004.

LA REVANGE *

DU CHIEN DE LÉOPOLD

texte inédit... avant aujourd'hui.
Maintenant, il ne l'est plus,
vous me suivez ?

* Prononcez revanche

Illustration de Leanne Franson tirée de *Le chien de Léopold*,
éditions les 400 coups.

*À Leanne Franson
et à Paule Brière*

SAM, LE CHIEN DE LÉOPOLD, AVAIT FINI PAR SE TROUVER UN NOM, GRÂCE À SON NOUVEAU MAÎTRE QUI LE SUIVAIT MAINTENANT PARTOUT. Ceux qui ont déboursé 12,95 $ plus tps le savent depuis longtemps.

Mais les millions de lecteurs connaissent mal Sam. C'est un chien ratoureux et rancunier. Il s'était promis, dans son for intérieur de chien, que Léopold aurait un chien de sa chienne.

En effet, personne ne savait que Sam, secrètement, voulait ce magnifique chalet pour lui tout seul.

Toujours est-il que, quelques jours plus tard, la vengeance est un plat qui se mange froid chez les canidés, alors que Léopold dormait, Sam, qui se souvenait encore très bien des mauvais traitements que Léopold lui avait infligés, décida de se venger.

Cette journée-là, un mardi de juillet, Sam fit semblant de filer un mauvais coton. Il ne mangea pas son bon manger du matin ni celui du soir. Pourtant Léopold, qui était devenu vraiment plus gentil, lui avait offert de la pâtée à l'orignal, ce qui n'est pas rien, car ça coûte aussi un bras. Léopold lui avait même offert, au souper, des restants de table : du canard à l'estragon. Au prix où est l'estragon !

Rien n'y fit. Sam leva le nez sur tout.

— Allez Sam, viens dormir avec moi, ce soir. C'est un petit spécial que je te fais, lui dit Léopold, car les chiens doivent dormir dehors, dans leur niche.

Or, ce qui devait arriver arriva.

Par ce soir de pleine lune, Léopold ronflait comme un calorifère en plein hiver.

Ne faisant ni une ni deux, Sam lui sauta à la gorge et, en moins de dix secondes, le rendit méconnaissable même pour un médecin légiste expérimenté.

Évidemment, le pauvre Léopold mourut dans son sommeil. Heureusement cependant, il ne s'en rendit même pas compte.

❀❀❀

Deux jours plus tard, car notre pauvre homme vivait en ermite, la police arriva sur les lieux et constata son décès.

Le policier, le plus futé des deux (celui qui porte la moustache) affirma :

— Il a sûrement été attaqué par un ours dans son sommeil… le sommeil du gars, je veux dire, pas celui de l'ours.

— Mouuais, approuva l'autre (celui qui ne portait pas de moustache).

— Bien fait pour lui, ajouta le premier en consultant ses notes : il a abandonné sa femme et ses deux enfants, il n'a jamais payé de pension alimentaire, il fraudait l'impôt, travaillait au noir, ne payait pas ses contraventions et, en plus, il regardait continuellement des films pornographiques. Et ça ne me surprendrait pas si, un jour, on apprenait que… je te laisse deviner le reste, c'est trop dégueulasse à imaginer...

Le camion de la morgue arriva. On transporta le corps et on nettoya sommairement la chambre à coucher.

C'est depuis ce jour-là que Sam, le brave chien, occupe toute la maison de Léopold. Enfin, une maison pour lui tout seul ! Son rêve !

Et le soir, Sam se la coule douce en dormant dans le lit de son ancien maître… qui ne le fut pas très longtemps si vous voulez mon avis.

À propos de...

C'était pour blaguer, car ce délire n'était pas destiné à une publication haute en couleurs. J'avais rédigé, pour mon bon plaisir uniquement, cette suite méchante, aussi cruelle qu'absurde du CHIEN DE LÉOPOLD. La première histoire est assez lourde à raconter et certains critiques se plaisaient à psychanalyser mon texte en y voyant là une allégorie à la femme battue qui revient sans cesse avec son mari... franchement.

Mais ça me permet ici de faire une tardive mise au point. C'est Claude Guimond qui m'avait raconté cette anecdote qu'il avait lui-même lue dans un journal, d'un chien qui était revenu chez son maître alors que celui-ci l'avait abandonné sur le bord de la route. J'ai ajouté quelques détails et une montée plus dramatique en trois temps.

Lors de l'impression, on avait oublié, car il y a mille et un détails auxquels penser et je suis bien placé pour le savoir, mon remerciement à Claude Guimond. Merci, Claude où que tu sois. Voilà, c'est fait !

Texte inédit écrit en 2006 à la suite de la publication de l'album *Le chien de Léopold,* illustré par Leanne

Franson, éditions Les 400 coups, 2006. Finaliste au Prix
Alvine-Bélisle (Asted) 2007... tout de même !

UN CADAVRE
AU DESSERT

Interdiction formelle

J'annonce par la présente qu'il est formelle-
ment interdit aux cinéastes Steven Spielberg
et Denis Villeneuve de même qu'aux acteurs
suivants : Rémy Girard, Karine Vanasse, Brad
Pitt (avec qui souvent on me confond sur la rue)
et Angelina Jolie de produire ou de réaliser un
film basé sur cette histoire et même d'y avoir
un rôle. Cet avis vaut également pour le Cirque
du Soleil, on ne sait jamais, car je n'ai pas du
tout envie de me promener en portant des verres
fumés toute ma vie et de signer des centaines
d'autographes en faisant mon épicerie. Il y a tout
de même des limites. Après la gloire et la noto-
riété, ça va être quoi, je vous le demande ? La ri-
chesse ? Non, non et non, je n'ai pas l'intention de
déménager mes pénates ou toutes mes affaires en
Suisse, c'est hors de question, tenez-vous-le pour
dit. Voilà, je suis heureux d'avoir fait cette mise
en garde. Je peux maintenant dormir en paix sur
mes deux oreilles, mais c'est une position assez
inconfortable si vous voulez mon avis…

Affectueusement,
votre auteur préféré

Robert Soulières

c.c. mes avocats : Tremblay, Laberge, Languirand & associés

Dring ! Dring !

C'est le téléphone qui sonne. Je vous dis ça au cas où vous n'auriez pas reconnu ce son. Et ça sonne chez l'inspecteur et c'est Élisabeth Chamberland, son adjointe et néanmoins amie, qui l'appelle. En tout cas, une chance que je suis là pour tout vous dire.

— Oui, yellow, répond l'inspecteur[*].

— Bonjour, inspecteur, vous allez bien ?

— Bien sûr, chère Élisabeth, je n'ai aucune raison pour l'instant de dire que ça va mal aujourd'hui. Je suis en congé et le patron est dans les Europes. Vous aussi d'ailleurs, non ? En congé, je veux dire, car je sais bien que vous n'êtes pas dans les vieux pays.

— Quelle intuition remarquable ! Bon, allons droit au but, inspecteur. Que faites-vous ce soir ?

— Ooh ! des milliers de choses plus folles les unes que les autres. Tout d'abord, je comptais aller au Bingo avec maman puis, au retour, réécouter le *Combat des chefs*, édition 2007,

---

[*] Une vilaine habitude de l'inspecteur qui travaillait dans ce magasin de chaussures alors qu'il était étudiant. Un travail de fin de semelle comme on dit. Finalement, il fut mis à pied à la fin de l'été. Rien de surprenant jusqu'ici. Oui, on commence fort !

mais j'hésite encore entre le documentaire *La taxe sur le carbone* du parti libéral du Canada, édition 2008, et la rediffusion de la partie de quilles au canal V.

— Belle soirée en perspective !

— Je ne vous le fais pas dire, rétorque l'inspecteur.

— Alors, une possibilité de plus à mijoter: je vous invite au resto, *Chez Boqué*. On dit que c'est la meilleure table en ville et c'est à dix minutes d'ici ; c'est dans le Vieux, cela dit sans vous offenser.

— J'espère que les chaises ne sont pas trop mal non plus, s'enquiert l'inspecteur porté sur l'angoisse des nouveaux restos.

— Oui, aucun problème de ce côté. Vous verrez, ajoute Élisabeth, c'est un petit resto très sympathique, douillet, calme, voluptueux et super-romantique ! Service impec'. Intime en plus. Vingt tables pas plus. Deux chaises par table et, si l'on compte vite, ça fait 40 personnes max, et si on ne sait pas multiplier correctement, ça pourrait donner 38.

— Super, ça me va ! Et on fête quoi ?

— On fête notre amitié indéfectible.

— C'est formidable d'avoir une amie comme vous ! Bon, je passe vous prendre à 19 heures pile. Ça vous convient ?

— Parfaitement, avec la vieille Honda ou avec la Mercedes 300 SL ? demande Élisabeth.

— Avec la Honda, la Mercedes est encore chez le garagiste.

— Bien, je me prépare.

— Faites vite, souligne l'inspecteur, car il ne vous reste que six heures et douze minutes top chrono pour le faire et c'est bien peu.

— Farceur, va ! Je vais m'arranger pour bien m'arranger dans ce court délai. Les femmes savent parfois faire des miracles.

À 19 heures pile-poil (l'inspecteur n'a qu'une parole, enfin pour ce genre d'engagement), l'inspecteur, le doigt sur la sonnette, fait diiing ! dooong ! Je rappelle aux lecteurs distraits, un oubli est vite arrivé, que dring dring, c'est le téléphone. Habituellement, notre inspecteur, mélomane à seize heures, peut jouer, sur votre sonnette s'il vous plaît, la *5ᵉ Symphonie* de Beethoven, la *Rhapsodie in Blue* de Georges Gershwin ou encore le *Boléro* de Ravel. Mais comme le temps presse un peu, il se contente d'un simple diiing ! dooong !

La porte s'ouvre. Dans les circonstances, tout est normal.

— Wow ! quelle belle transformation, vous êtes totalement méconnaissable. Vous avez rajeuni de vingt ans !

— Inspecteur, inspecteur, revenez sur Terre. Il s'agit de ma gardienne, Mélissa.

— Il me semblait bien aussi. Trop beau pour être vrai, avait-il eu envie d'ajouter, mais comme l'inspecteur est un homme raffiné, cette pensée a traversé son esprit à la vitesse d'un éclair au chocolat et n'a jamais franchi ses lèvres.

— Allez, entrez, un coup de brosse, un bisou à fiston et je suis à vous dans une petite minute[*].

La minute étant passée, le couple s'engouffre dans la voiture, l'inspecteur ne démarre pas sur les chapeaux de roue, parce que :

a) sa voiture ne lui permet pas d'exécuter ce genre de cabrioles,

2) ça use les pneus pour rien, et au prix où est l'essence !

Troisièmement : c'est donner le mauvais exemple à la jeunesse qui nous lit au lit jusqu'à la lie,

IV : nous sommes en hiver et faire crisser ses pneus, ça passe carrément inaperçu,

---

[*] Fait scientifique important à noter, sachez qu'il n'y a pas de petite ou de longue minute. Une minute dure toujours 60 secondes où que vous soyez dans le monde. Ces figures de style sont malheureusement communes dans la littérature dite de divertissement. Bref, sachez que je suis abonné au magazine *Les Débrouillards* et que toute ma culture hautement scientifique ne vient pas de nulle part.

b) à l'âge qu'il accuse, l'inspecteur ne sait pas comment faire.

Les deux tourtereaux filent et placotent gentiment dans la voiture hybride de l'inspecteur[*]. Et en moins de temps qu'il n'en faut pour crier : la tarte à la meringue et son clafoutis aux pommes est en spécial ce midi, nos trois comparses (l'inspecteur compte double) sont déjà devant le chic resto *Chez Boqué*. Super, il y a un valet parking. Et c'est gratuit.

En remettant les clés au jeune préposé, l'inspecteur lance tout en lançant ses clés (habile tout de même, le vieux !) :

— Faites attention, elle est vieille et je veux la retrouver intacte à la fin de la soirée.

— Qui ça, votre compagne ?

— Soyez poli, jeune comique qui n'a pas encore obtenu son diplôme de l'École de l'humour, je parlais de ma voiture. Allez, du balai, jeune valet des temps modernes.

Quelques instants plus tard, ils sont attablés, étudiant avec ferveur le menu de ce fabuleux restaurant comme s'ils avaient un examen demain matin. S'adressant au maître d'hôtel, Paul Armstrong de son nom, l'inspecteur demande :

---

[*] Non seulement mon charmant éditeur, respectueux de l'environnement, imprime ses ouvrages sur du papier recyclé, mais il exige de ses auteurs que leurs personnages se déplacent en voiture hybride.

— Peut-on baisser le volume de la musique, je vous prie ?

— Bien sûr, Monsieur.

— Peut-on aussi baisser le thermostat, il fait une de ces chaleurs ici ?

— Je vais y voir, Monsieur.

— Une dernière chose, peut-on baisser aussi un peu les prix ?

— Monsieur a un excellent sens de l'humour… Et pour prendre les devants, j'ajouterai que notre resto n'accepte pas les billets du Pneu Canadien[tm]. Alors ces m'sieurs-dames ont fait leur choix ? Madame…

— Alors, radis, radis, go, je suis affamée ! Alors, je vais prendre ceci comme entrée, ceci comme deuxième entrée, ceci et ceci. Pour le dessert, je vais y penser encore.

— Bien, c'est tout naturel. Excellent choix d'ailleurs. Et pour Monsieur, ce sera ?

— Pour ma part, je vais prendre cela, cela et cela. J'aimerais ce dernier cela plutôt médium saignant, et cela aussi pour arroser le tout. Et à la fin, je choisis toujours la même chose, c'est immanquable, je vais prendre la sortie. Pour le vin, je vais choisir votre Château Machin.

— C'est noté.

— Une seule addition avec un peu de soustractions, si c'est possible, ajoute l'inspecteur.

214

— Le tout sera pour moi, lâche Élisabeth avec le ton négligent et un peu snob de celle qui aurait gagné à la loterie.

Dans les cuisines

Dans les cuisines, c'est la rumba totale et sans musique en plus.

— Allez, pour la 3, ce sera: foie de veau pincé aux morilles avec sauce forestière. Bœuf braisé aux myrtilles et pommes de terre rieuses. Et je les veux rieuses, les pommes de terre. Soupe à la jacobine pour la 24[*]. Salade du chef arrogant. Filet de sole avec sauce au citron mûr… mûre la sole aussi. Et que ça saute, tonnerre de Brest ! Ça traîne ici, bande de flancs mous ! Je ne veux pas y passer la nuit. Allez, du nerf, on se grouille, mes grosses nouilles. Je ne vous paye pas si grassement pour ne rien faire.

Celui qui crie comme ça, je vous le donne en mille avec deux morceaux de robot culinaire, c'est le chef cuisinier. Un sale caractère. Gros comme ça. Gros comme deux lardons en foire. Il gueule fort, il parle fort, il gesticule fort. C'est un chef ventripotent omnipotent sans être ventriloque, mais il y travaille. Sous sa toque, il arbore des cheveux clairsemés poivre et sel. Ce qui est tout à fait désigné pour la profession.

---

[*] J'ai dit qu'il y avait 20 tables d'accord, mais je n'ai jamais précisé qu'on les comptait de 1 à 20.

Chef, c'est son prénom et son nom de famille est Edgar. Chef Edgar. Ça sonne bien, je trouve.

Sacha, le chef saucier, car dans une cuisine un chasseur sachant chasser chait fort bien qu'il y a plusieurs chefs et, contrairement au dicton, ça ne gâte pas toujours la sauce. En effet, dans les faits, il y a plusieurs chefs : le chef préposé aux desserts, le chef saucier pour les sauces : Sauce qui peut ! Le chef saladier, le chef des entrées, le chef des sorties, le chef des plats principaux, le chef des accompagnements et il reste le chef plongeur, c'est-à-dire le laveur de vaisselle, mais personne ne l'appelle chef. Et derechef, ça peut faire une autre histoire. Mais je m'en lave les mains.

Alors, comme je voulais vous le dire, mais vous n'arrêtez pas de m'interrompre, le chef saucier, Sacha Saucier, c'est son nom complet, maugrée dans son coin en faisant du boudin. On verra pourquoi tout à l'heure. Soyez patient, comme dit mon médecin, c'est comme pour la cuisson du bœuf braisé aux carottes et aux échalotes de Picardie, ça prend le temps que ça prend.

Dans la salle

— Quelle merveilleuse idée de m'avoir invité ici, chère Élisabeth. Vous êtes un amour, roucoule l'inspecteur en lui baisant la main avec ses lèvres, avec délicatesse et pourquoi pas aussi avec tendresse. Comment vous remercier pour cette soirée qui s'annonce comme étant la plus charmante de toute ma vie !

Dans les cuisines

— Et une pizza toute garnie pas d'anchois pour la 16 et une poutine en accompagnement.

— Quoi ? Qu'entends-je ? Une pizza toute garnie sans anchois pour la 16 avec une poutine en accompagnement !

— Mais non, je blague, dit Gaston, le serveur numéro 46. On peut bien blaguer un peu, même si nous sommes dans le jus par-dessus la tête. C'est un samedi soir comme un autre après tout*.

Dans la salle

Élisabeth ne dit rien et se laisse charmer. Ça lui fait plaisir. Elle aime cet inspecteur sans savoir vraiment pourquoi ni pour quoi. C'est comme un aimant irrésistible. Alors, elle se laisse aller puisque c'est plus fort qu'elle et que l'amour avec un grand A, c'est aussi plus fort que la police.

Et tout ça, sur un air de musique classique envoûtant pour ceux qui aiment ça : *Quatuor*

---

* Il ne croit pas si mal dire, vous le verrez tout à l'heure si vous ne fermez pas ce livre tout de suite. En passant, donnez-moi une chance : lisez les 300 premières pages de ce livre et si ça ne vous plaît pas, abandonnez-le tout simplement. Nous ne serons pas plus mauvais amis pour autant.

à cordes pour deux âmes seules, c'est du Haendel (with care, ajouterais-je), Georg Friedrich de son petit nom : 1685-1759.

Dans les cuisines

Le chef Edgar continue à tonitruer. D'ailleurs, c'est ce qu'il fait de mieux passé 19 heures, heure normale de l'Est.

— Allez, bande de saligauds, brassez-moi ces salades aux roquettes ! crie le Chef. Balsamiquez-les bien, ces vinaigrettes aigrelettes. Touillez-moi cette sauce. Et toi, Saucier, remue-toi le popotin, la béchamel colle au fond de la marmite. Si ça continue comme ça, je vais tous vous pendre avec mon cordon bleu.

Par politesse, certains sourient de ce petit jeu de mots. Sacha Saucier prépare son mauvais coup qui aura mauvais goût. Je n'en dis pas plus. Ô écrivain mystérieux que je suis.

De retour dans la salle à manger

Haendel a terminé son quart de travail. Son quart de livre avec fromage, qu'il avait laissé sur le comptoir, est maintenant froid comme une banquise. Ça doit être à cause de la laitue iceberg[*] ! Chopin entre en scène discrètement en jouant *Sonate à la lune échevelée*.

---

[*] Ne restez pas de glace devant cette blague titanesque, cela dit sans vous monter un bateau.

Ne pas confondre avec *Le soleil a rendez-vous avec la lune* de l'illustre compositeur allemand Shoppinghour Whattimehitiznow.

L'inspecteur baigne ses yeux dans le regard angélique (tome 2) d'Élisabeth tandis que celle-ci oublie tout autour d'elle pour savourer la salade qui fait son entrée. Une entrée prodigieuse avec un bout de baguette et sans fausse note de Chopin.

— Aaaaaah ! Ciel que c'est bon !

Et on revient subito presto aux cuisines

— Vaurien, sale profiteur, moule à gaufres de blé entier ! crie, lance, vitupère, harangue Sacha, dit le Saucier, fraîchement diplômé de l'école des Sauciers comme son ami Harry Potier.

Et un petit tour en salle

— Je vous aime, ma mie.

— Moi aussi, cher inspecteur, un jour, nous…

De retour dans la cuisine qui ressemble de plus en plus à une cuisine Ikea, car tout est à reconstruire et il va manquer sûrement un morceau ou deux comme pour ma bibliothèque fabriquée en suède, mais faite en bois !

Edgar n'est pas en reste, faut croire, et il garde la forme, ronde sur les bords d'accord, mais il garde la forme et il ne baisse pas les bras, car en plus de lancer çà et là quelques injures bien senties, il lance aussi des casseroles, des couvercles, des marmites chaudes, des couteaux qui volent bas. Il pourrait même blesser quelqu'un s'il visait mieux ! Bref, lui qui est une bonne fourchette, il n'y va pas avec le dos de la spatule ni avec le dos de l'écuyère (elle n'est pas là aujourd'hui, c'est son jour de congé) pour montrer qu'il est à couteaux tirés avec son chef Saucier.

Et que je t'insulte encore :

— Malappris, relance Edgar, mauvais apprenti, inculte avoué, ignare de Barbarie, indolent personnage, plagieur de sauces à la Ricardo, ombre pâlotte de la di Stasio, élève sous-doué de Daniel Pinard, ectoplasme de bœuf bourguignon et, pour finir, tu n'es qu'une espèce de tarte sans crème avec une face de calmar à moitié frite.

De retour en salle

— Moi aussi…

— Et moi de même. J'en reste bouche bée.

— Quel repas formidable, oui ! Et dire aussi que ça ne me coûtera rien ! rappelle l'inspecteur.

— Quels beaux rapprochements nous faisons ! On se croirait dans une émission de téléréalité !

De retour sur le champ de bataille de la cuisine

— Pieuvre jalouse et accaparante ! ajoute tout de go et avec un rire méchant Sacha le Saucier. Grand Inquisiteur sénile, gros plein de soupe au chou totalitaire, sangsue froide vicieuse et visqueuse, truand de la louche, incendiaire de spatule. Vous puez de la bouche autant que des pieds. Et pour finir, car des fois il faut bien en finir, je vous crie l'insulte suprême au poulet : Espèce d'espèce !

Cela met une fin momentanée à ces volées d'injures dignes d'une anthologie, c'est moi qui vous le dis et qui vous l'écris en plus et qui vous le signale par la même occasion même si j'ai autre chose à faire comme… comme… enfin, euh ! Ça ne regarde que bibi.

Dans la salle

La musique romantique couvre, par bon-heur, les bruits de la cuisine. Les murs sont capitonnés aussi. Ça aide et, du même coup, ça ne nuit pas.

Dans les cuisines

Sur les planchers, sur les murs et sur les visages des employés, on lit la consternation. On se croirait au Timor oriental, en Irak, en Afghanistan ou au Djémalodan combinés et réunis dans les cuisines qui ressemblent à une buanderie tellement on aime y laver son linge sale en famille. Et si l'on avait le moindrement de culture à étaler, on pourrait paraphraser Pierre Corneille (1606-1684) dans *Le Cid* de Corneille justement : « Et le combat cessa faute de combattants. » C'était en 1636 ! On évolue, certes, mais on ne change pas beaucoup si vous voulez mon avis.

Dans la salle

On ignore tout du drame qui se prépare en sourdine et dans les cuisines. Mais pas vous !

Dans les cuisines

Rien de spécial à signaler sinon que le des-sert le moins cher est encore à 6,95 $.

Dans la salle

On mange et on boit avec l'insouciance du chérubin.

Dans les cuisines

Odeur de rancœur et de chicane.

Dans la salle à manger

Odeur d'amour et de romantisme.

Dans les cuisines

Musique de roquettes.

Dans la salle à manger

Musique de chambre… dans la salle à manger.

Petite pause méritée[*]

Lettre d'un lecteur outré et étourdi par l'allure des événements

Cher Monsieur Soulières,
Vous êtes mon auteur préféré, (cette phrase-là, je l'ai déjà lue des millions de fois, mais bon, ça me fait toujours plaisir de la retranscrire

---

[*] Fidèle lecteur, vous vous demandez souvent : mais quelle est donc ma vitesse de lecture ? Je suis là pour répondre à vos angoisses existentielles : vous êtes rendu à peu près au deux tiers de la page 223.

223

pour vous en corrigeant les fautes bien sûr) *mais pitié, de grâce, je vous en supplie, je vous en conjure, pardon-mon-oncle, cessez ce jeu enfantin très en dessous (mais pas tant que ça) de vos capacités intellectuelles, vous m'étourdissez royalement ! Je commence à avoir mal au cœur. J'ai le mal de mer. Je ne sais pas si c'est votre style en général, ce passage en montagnes russes en particulier, ou encore votre livre au grand complet, mais j'ai le tournis. Stoppez les machines. Merci de m'avoir lu. Merci d'arrêter ce cirque !*

Un lecteur attentif qui aimerait bien le demeurer.

La signature est illisible, dois-je le préciser ?

❊ ❊ ❊

Le demeuré... Okay, ce n'est pas moi qui l'ai dit. Très bien, allons-y mollo dans ce cas-là. Je peux comprendre lorsque l'on n'a pas l'habitude, enfin...

Dans les cuisines, <u>deux jours plus tôt</u>, vous allez tout comprendre, encore plus si vous lisez ce passage deux fois de suite.

Seul devant son dry* martini, le chef Edgar compte la caisse. Ce n'est pas une grosse caisse dirait un musicien. C'est un rituel qu'Edgar maintient depuis plus de vingt ans. Les recettes, pour un chef, c'est important. De bonnes recettes amènent de bonnes recettes. Je ne sais pas si vous me suivez… Alors, pour un jeudi soir de tempête, les recettes sont plutôt bonnes. Il n'y a pas de quoi se plaindre.

À l'autre bout du long comptoir, Sacha Saucier, le chef saucier, tord son bonnet dans tous les sens. Il s'approche du chef comme s'il s'approchait d'un lion en liberté. S'il était au zoo de Granby, ce serait une autre paire de manches.

Sacha toussote, se racle la gorge, émet des hummmm répétés et de plus en plus forts, des euh euh, des ttsssit tsss et autre borborygmes américains. Rien à faire, le chef Edgar reste concentré sur le visage fripé de la reine d'Angleterre et sur les reçus de cartes de crédit, à moins que ce ne soit son 6e dry martini ingurgité depuis le début de la soirée qui lui gèle l'esprit. Finalement, Edgar daigne enfin

---

* Comment un liquide peut-il être sec ? Ça défie toutes les lois de l'humidité !

lever la tête vers son subalterne peu modèle. Il ne trouve pas que c'est un saucier formidable. Il en a connu d'autres et des meilleurs. Mais comme l'ancien chef est parti sans laisser d'adresse et qu'il n'y a plus de service au numéro que vous avez composé, il faut faire avec ce que l'on a sous la main.

— Si c'est pour une augmentation de salaire, tu peux chausser tes bottes et partir de suite, aboie le chef des chefs.

— Non, c'est pour euh...

— C'est pourquoi, espèce d'incapable de formuler une phrase complète et intelligible du premier coup. Les mots collent au fond de ton gosier comme ta sauce au fond de ta marmite.

— C'est que vous m'intimidez terriblement, chef, précise Sacha. Et quand je vous vois...

— Justement, continue de me vouvoyer, c'est mieux pour ta santé.

— Ce n'est pas ce que je voulais dire. Quand je vous vois, je perds tous mes moyens. Par contre, avec votre fille...

— Qu'est-ce que ma jolie fille Évelyne a à voir là-dedans ?

— C'est qu'on se fréquente depuis quelques mois déjà et j'aimerais...

— Pas au courant...

— ...

— Pas question en tout cas !

— Vous ne m'avez pas laissé finir ma phrase.

— Je connais tes intentions, mon gars : épouser la fille du chef, sortir le chef de la cuisine et mettre la main sur le resto qu'il a mis toute sa vie à bâtir. Non, pas question, jeune blanc-bec au nombril pas encore sec.

— Mais on s'aime ! Elle m'aime ! Nous nous aimons comme des fous.

— Des filles, mon gars, il y en a des milliers, des millions au pays, tu n'avais qu'à en choisir une autre. Une fille plus accessible, c'est tout, ce n'est pas mon problème. Vois-tu, petit saucier, tu pars avec deux prises, trois balles, trois hommes sur les buts, l'arbitre a touché un pot-de-vin[*] de l'autre équipe et il se mettra à pleuvoir des clous dans moins de dix secondes.

— Mais c'est que…

— Tu n'as pas compris, va-t-il falloir que je te fasse un dessin ? Ton équipe de hockey joue en fusillade, c'est 4 à 4, dernier tir de barrage et c'est toi le gardien, tu as une poussière dans l'œil et tu fais une conjonctivite dans l'autre et, en plus, le destin s'acharne contre toi : une subite diarrhée de tous les diables assaille ton corps, ta jambière est défaite et les lacets de tes patins sont attachés ensemble. Je ne miserais

_____

[*] On peut aussi écrire pot-de-vingt lorsque le montant est versé en coupures de 20 $.

pas un vieux sou sur toi. Bref, ton chien est mort avant même d'avoir aboyé. Alors dégage, jeune homme !

— Mais… vous n'avez pas le droit. Ce n'est pas votre vie. Vous… réagissez comme si vous viviez au XXIe siècle, c'est tout de même quelques siècles de retard !

— Foutaise, pfft ! Tu as sans doute conquis le cœur de ma belle Évelyne, mais je ne te donnerai jamais sa main. Tu es trop minable. Allez, dégage avant que je me fâche !

Ce que vous ne savez pas, mais que vous apprendrez en quelques mots sous peu, c'est que le laveur de vaisselle épiait la scène depuis le tout début. Un drame digne du grand Skakespeare. Il n'en revenait tout simplement pas.

— Aujourd'hui, c'est vous le plus fort, crie le jeune saucier Saucier, mais un jour, vieux fou, je vous tuerai.

— Des menaces, toujours des menaces. Avec mon sale caractère, tu n'es pas le premier à m'en faire, va ! Compte-toi bien chanceux de travailler *Chez Boqué* et contente-toi de ça, c'est déjà beaucoup !

— En attendant, sachez que nous n'avons pas besoin de votre permission pour nous envoler à Las Vegas pour nous marier. Nous sommes majeurs et vaccinés. Et vlan dans les endives !

— Avant que tu voies Las Vegas, mon jeune, il va faire beau. Je ne parierais pas ma vieille chemise là-dessus. Tu es le mauvais numéro pour ma fille et un deux de pique à mes yeux. Fin de l'entretien. Dégage !

L'amoureux bientôt transi (il pleut dehors) remet son parka et ses bottes, puis retourne chez lui à pied, déconfit, défait et triste et transi comme prévu. Mais Sacha jure intérieurement, à chaque feu rouge, qu'il fera la peau à ce vieux saligaud qui ne change jamais d'idée.

Maintenant, vous en savez un peu plus et je dirais même tout à la limite. Et grâce à qui, hum ? Grâce à qui ? Voilà donc ce qui a provoqué, il y a 48 heures, cette guerre d'insultes dans les paisibles cuisines de *Chez Boqué*, en ce beau samedi soir.

❋❋❋

De retour aux cuisines en temps réel, aujourd'hui samedi

Et, c'est à ce moment-là et à ce moment-là seulement que le Sauveur avec un grand S et une longue serpillière s'avance au milieu du milieu de la cuisine et des déchets et autres victuailles perdues à jamais, même pour les pauvres, et c'est là qu'il dit, en espérant secrètement avoir de l'avancement avec cette tirade, deux points, ouvrez les guillemets :

— Cessez ces enfantillages et ramassez-moi tout ça ! hurle le laveur de vaisselle. (Appelons-le Roger, ça va lui faire plaisir.) Et plus vite que ça ! Soyons et demeurons professionnels : il y a des clients dans la salle qui sont venus en amoureux pour vivre un moment gastronomique unique. Ne gâchons pas leur soirée. Restons professionnels jusqu'au bout des doigts, je vous en supplie. Ça ne sert à rien de s'enguirlander de la sorte à la qui mieux mieux et, enfiler des injures à la queue leu leu. Quant à moi, la besogne m'appelle, mon cellulaire aussi, ajoute-t-il en mettant la main dans sa poche. Oui, le souci du travail bien fait m'interpelle au plus profond de mon âme, si j'ose dire. Oui, je m'occuperai de la vaisselle sale. Car à quoi sert de déguster une bonne bavette à l'échalote dans une assiette souillée ? À quoi sert de cuisiner un poulet chasseur à l'orignal si on y met toute sa hargne ? Non, la cuisine est source de joie et de plaisir. On doit cuisiner et travailler dans le bonheur, dans l'harmonie, sinon le steak devient trop grillé, la sauce colle au fond (il risque un œil sur Sacha, le saucier) ou encore on angoisse pour rien (et il jette l'autre œil sur le chef Edgar qui est à l'autre bout de la salle si bien que, cette fois-ci, Roger louche vraiment pour de vrai !). Allez, faites la paix et serrez-vous la main en gentlemen. Prouvons à la Terre entière que nous ne sommes guère épais et qu'on préfère la paix à la guerre. Arrêtons de nous crêper le chignon. On souhaite la paix dans le monde et on reste incapable de la faire dans sa propre cuisine ! (Ce discours faisait plus de 20 pages. Mais vous connaissez mon esprit de synthèse, alors j'ai abrégé.)

Non, mais quelles sales… euh ! quelles sages paroles, a-t-il prononcées là, ce sacré celui-là ! Les héros viennent parfois de l'obscur quatrième trio comme on peut le voir parfois le samedi soir au hockey. Vive les laveurs de vaisselle !

Salve d'applaudissements. Des hourras fusent de partout. Et des Viva Roger ! pleuvent dans les cuisines.

Dans la salle à manger

On entend ces applaudissements nourris, c'est le cas de le dire, provenant des cuisines, et chacun se dit :

— Ciel, le dessert va être formidable ce soir !

De retour aux cuisines

Le grand chef Edgar s'approche de Sacha, le saucier, en premier. Tous sont muets de ravissement et d'étonnement. Il tend son bras puis sa main vers le jeune saucier, étonné lui aussi. Une paix, on ne sait jamais combien de temps ça dure, mais enfin, mais bon, sera signée là, devant nos yeux. Il faut un début à tout si on veut que ça finisse !

— Mais avant, proclame le chef Edgar, fais-moi goûter à cette béchamel qui flatte déjà mes papilles nasales.

— Non, non, objecte Sacha. Ce n'est pas nécessaire, elle est excellente, je vous jure. Je viens tout juste d'ajouter une pincée de sel de mer et de fines herbes aromatisées pour faire changement et pour en relever un tantinet le goût. Je préfère que vous attendiez un peu.

— Je ne peux plus me retenir devant ce fameux fumet. Allez, cesse de faire l'enfant et laisse-moi goûter, apprécier ton onctueuse béchamel. Je sens qu'elle est parfaite. Je le sens. Je le sais. Quant à moi, pour sceller cette paix, je t'ai préparé un dry martini cosmopolitan version Las Vegas. Une invention de mon cru. Un cocktail qui n'est pas piqué des verres !

D'un geste vif, chef Edgar écarte le jeune homme. Il prend une louche propre, la trempe dans la marmite puis, de ses lèvres fines, lape la sauce, l'élixir nouveau, d'un seul trait.

Edgar ferme les yeux, savoure et esquisse un très large sourire en déclarant, ému :

— Quelle béchamel, non, mais quelle béchamel ! Je n'en ai jamais dégusté de meilleure. Je ne sais pas quel autre ingrédient secret tu y as ajouté, mais le résultat est prodigieux. Une grande carrière se dessine devant toi, jeune saucier.

Puis, le grand chef retourne, avec un sourire large comme ça, à ses fourneaux, pour aller chercher le dry martini cosmopolitan version Las Vegas près de la marmite fumante.

Malaise.

Le chef avance péniblement.

Lentement.

En se tenant le ventre à deux mains.

Il titube comme s'il avait bu deux bouteilles de vodka, un litre de vin rouge, huit cafés brésiliens et une bouteille d'eau Perrier, puis il s'affaisse sur le carrelage. Ça donne un vilain coup. Il est là étendu, inerte. Sans vie. Un malaise cardiaque sans doute.

C'est à ce moment-là que le maître d'hôtel, Paul Armstrong, pénètre dans les cuisines. Il avait suivi des cours de secourisme à la CSST (avec une moyenne de 59 %, mais quand même), et il voit tout de suite qu'il est trop tard pour Edgar, car ce dernier est raide mort. Plus mort que ça, tu es au paradis ! Par pure formalité, il prend son pouls. Et le lui remet. Rien. Le silence total dans les veines du chef. Pas de veine !

Les employés, même si tous ne portent pas le chef Edgar dans leur cœur, sont affaissés, sidérés, sous le choc. Il y a un long silence qui meuble comme il peut tous les recoins de la cuisine.

— Que personne ne bouge, lance Armstrong[*]. Je reviens dans une petite minute[**].

Dans la salle à manger

Le maître d'hôtel s'approche de l'inspecteur et lui murmure à l'oreille :

— Inspecteur, on a besoin de vous dans les cuisines.

— Non, pas maintenant, je mange en si bémol et en si délicieuse compagnie.

— Mais c'est important, relance Armstrong qui pédale dans la choucroute. J'insiste.

— C'est samedi, mon seul jour de congé, marmonne l'inspecteur les dents serrées.

— Je sais bien, mais c'est un cas de force majeure.

— Que se passe-t-il ? demande Élisabeth pour prendre part à la conversation.

— Eh bien, dit Armstrong, le chef est tombé au combat dans la cuisine et on peut dire que les carottes sont cuites pour lui si vous voyez ce que je veux dire…

— Mais comment avez-vous fait pour me reconnaître? Je suis ici incognito avec ma collègue et amie Élisabeth Chamberland et…

---

[*] Désolé amateurs de vélo, ce gag est un peu poche, mais il en faut…

[**] Je ne veux pas me répéter, c'est loin d'être mon genre, alors, allez relire la note en bas de la page 212.

— Votre photo paraît souvent dans les journaux et vous passez souvent au téléjournal le soir. Nous aurions également besoin des services de madame Chamberland, ajoute le maître d'hôtel en toussotant pour faire plus sérieux et pour ne pas semer la panique chez la clientèle.

— Élisabeth, annonce solennellement l'inspecteur, on a besoin de nos services à la cuisine et ce n'est pas pour faire la vaisselle, si vous savez encore me décoder.

— Tout à fait, inspecteur, je vous suis de ce pas. Le devoir avant tout.

Aussitôt qu'il a mis le pied dans les cuisines, l'inspecteur se remémore ses longues années d'études et ouvre mentalement son cahier : QUE FAIRE EN CAS D'INCIDENT MORTEL DANS LA CUISINE D'UN GRAND RESTAURANT COTÉ 4 ÉTOILES, 3 FOURCHETTES ET 2 MARMITES ? Tout est clairement indiqué à la page 112. Alors, il dit haut et fort :

— Que personne ne bouge, fermez toutes les issues. Contactez les aéroports, les gares et les terminus d'autocars du pays. Appelez une ambulance tout de suite. Faites venir **A**délaïde **D**esrosiers-Nobert, la chef responsable de recueillir des preuves d'ADN qui pourraient incriminer un cheval, le cas échéant. Elle est infaillible !

— Euh ! vous n'en faites pas un peu trop là ? glousse Élisabeth.

— On n'en fait jamais trop lorsqu'il y a mort d'homme, je vous signale.

Que répondre à ça, effectivement ?

L'inspecteur s'approche du cadavre qui gît sur le carrelage.

— Il est mort, clame l'inspecteur qui se prend maintenant pour un médecin légiste.

— D'empoisonnement, je dirais, émet Élisabeth.

— Et vous voyez ça à quoi ?

— Je vois ça d'un mauvais œil, mais surtout à son visage crispé, à ses lèvres violettes, à ses poings fermés et à son ventre dur comme le bœuf bourguignon de ma mère. Un empoisonnement alimentaire, à coup sûr, répète-t-elle.

— Dans ce cas-là, avertissons les clients du resto.

— Pas la peine, chuchote Élisabeth. Le criminel est encore dans la cuisine, car c'est ici que ça s'est passé.

— Très perspicace, ma chère.

— Un indice ?

— Si le crime avait été commis dans un hôtel, j'interrogerais les femmes de chambre ; dans un aéroport, le préposé aux bagages ; dans un stade de baseball, le préposé aux bâtons et dans un resto…

— Dans un resto ?

— Dans un resto, le laveur de vaisselle, dit Élisabeth. Il voit tout, entend tout et ne se met jamais les pieds dans les plats. Et, en plus, ce sont des gens aux mains propres qui n'ont pas peur de se mouiller. Roger, le laveur de vaisselle sale, se mettra à table en moins de deux et il ne farfinera pas avec les détails. Droit au but, telle est sa devise.

Pendant ce long conciliabule, les employés se sont tous massés[*]... se sont regroupés si vous préférez, car l'heure est loin d'être au massage. Ils se sont donc regroupés, dis-je, près du lave-vaisselle et ils regardent les pros faire leur travail.

— Vous pouvez m'expliquer tout ce cirque ? demande Élisabeth au laveur de porcelaine.

— Le chef a été empoisonné, dit le laveur de vaisselle. J'ai vu Sacha Saucier, qui en voulait à mort au chef Edgar, verser de la Mororat[MC] dans la sauce. Ça et l'arsenic, ça ne pardonne pas.

Du menton, le laveur, qui n'avait rien à cacher, désigne Sacha Saucier. Tous les lecteurs le savaient déjà, (moi aussi !) et ce n'est une surprise pour personne, même pour le chef saucier, sauf pour l'inspecteur qui aurait parié sa chemise sur le maître d'hôtel, mais bon, on peut dire, cette fois-ci, que l'inspecteur était dans les patates.

—Pour quel motif selon vous ? demande-t-elle, curieuse.

---

[*] Assez inconvenant comme expression…

— Par vengeance, dit Roger. Le chef ne voulait pas que le saucier sorte avec sa fille. Il ne le prenait pas. Le chef Saucier non plus. Alors, en éliminant le chef, il avait la voie libre jusqu'à l'autel... et ensuite jusqu'à l'hôtel.

— Eh bien, cette fois-ci, il l'aura jusqu'à la cellule... pour un petit bout de temps en tout cas.

Élisabeth se dirige aussitôt vers le chef saucier Sacha Saucier et l'entraîne un peu à l'écart tandis que l'inspecteur s'acharne à interroger le maître d'hôtel qui joue à la perfection son rôle d'innocent dans cette histoire.

— Vous êtes dans de mauvais draps, jeune homme, dit Élisabeth d'entrée de jeu.

— Je sais, dit-il, je suis prêt à tout avouer. Si ça peut aider un peu ma cause. Inutile pour moi de tenter de m'enfuir ou de mentir. Les preuves seront accablantes dès que votre spécialiste de l'ADN mettra le pied dans cette cuisine.

Maintenant, si vous voulez mon avis, au prix que ça coûte, il serait fou de s'en passer : pour une enquête éclair, c'est une enquête rapide. On ne perd pas de temps en calembredaines... je ne sais pas trop ce que ce mot veut dire, mais ça fait joli dans la phrase.

— Je m'en veux un peu, avoue Sacha. Surtout que le chef venait de faire la paix avec moi et devant tout le monde en plus. Il était criant

de bonne foi. J'ai tenté en vain de le dissua-
der de goûter à ma sauce béchamel, mais rien
à faire, quand il avait quelque chose dans la
caboche, il ne l'avait pas dans les pieds.

— Le secret est dans la sauce, j'ai déjà vu
un film à ce sujet, dit l'inspecteur pour mettre
son grain de sel.

— Mais non, il a fallu qu'il insiste, le vieux
bougre, dit le saucier, et je n'ai pas pu l'em-
pêcher, même à la toute dernière seconde, de
poser le geste fatal. Je le regrette amèrement.
D'autant plus qu'il avait préparé, spécialement
pour moi, un cocktail de son invention : un dry
martini cosmopolitan version Las Vegas. Sym-
bole évident de notre réconciliation. Ce martini est fait avec du jus d'orange, deux onces
de vodka, du martini, du rhum blanc et trois
olives. Je veux bien le boire à sa santé avant de
vous suivre au poste, j'imagine, car c'est bien
ce qui m'attend, n'est-ce pas ?

— On ne peut rien vous cacher... c'est le
cachot qui vous attend.

Sacha le saucier porte à ses lèvres le magnifique verre triangulaire et avale d'un seul trait,
en projetant sa tête vers l'arrière, la mixture qui
réveillerait un sénateur en hibernation.

Sacha ne titube pas.

Il ne se tient pas le ventre à deux mains.

C'est la bouche un peu pâteuse, par contre,
qu'il marmonne à l'inspecteur :

—Très bien, je peux y aller maintenant. Vous préviendrez Évelyne pour moi, n'est-ce pas ? dit-il après avoir bu le dernier verre du condamné.

— Je vais m'en occuper, dit Roger, le laveur de couteaux. (Aurait-il déjà un œil sur la belle Évelyne ? Ô ténébreux mystère !)

— Vous oubliez vos olives, fait remarquer l'inspecteur. Si vous n'aimez pas les olives, je peux… les…

— Si, si, j'adore les olives. J'ai le temps ?

Élisabeth et l'inspecteur font signe que oui. On n'est pas à deux olives près tout de même.

Avec délicatesse et avec son index et son pouce, le saucier pêche les deux olives farcies au fond du verre. L'une après l'autre, il les lance en l'air et, fort habilement, les cueille avec sa bouche, les croque et les avale avec délice.

— Hummm ! quel délice !

Voilà, la chose est confirmée.

La police vient d'arriver sur les lieux pour cueillir le sinistre individu qui a mis fin aux jours heureux du chef Edgar. Élisabeth et l'inspecteur, professionnels comme toujours, même s'ils n'ont pas terminé leur café brésilien, accompagnent Sacha Saucier dans le panier à salade, c'est de circonstance.

C'est en sortant du restaurant, par la porte arrière, que Sacha Saucier se met à grimacer, à se tordre de douleur, à tituber et finalement à s'affaisser de tout son long malgré le fait que deux agents de la force constabulaire le retiennent. Sacha Saucier, comme une vraie pâte molle, les jambes en spaghettis, s'affale de tout son long sur le trottoir enneigé.

Élisabeth se penche vers lui.

— Eh bien, ça parle au diable ! dit-elle. Il est tombé raide mort. Ça doit être le dry martini cosmopolitan version Las Vegas, constate-t-elle.

— Sans vouloir vous vexer, chère Élisabeth, je dirais plutôt que ce sont les olives, précise l'inspecteur. À mon avis, c'est ce qui l'a achevé.

— La guerre dans la cuisine est maintenant bel et bien terminée ! conclut Élisabeth. Encore deux morts pour une histoire d'amour. Il y a des jours où l'amour fait autant de victimes que la haine. Deux crimes bien vite élucidés par contre.

— J'adore les affaires qui ne traînent pas en longueur comme une traîne de mariée, dit l'inspecteur. Un mort, des aveux, un autre mort, pif ! paf ! Et tout est élicu… résolv… résou… réglé, oui, réglé en trois coups de cuillère à pot.

— Je partage votre avis, dit Éli.

— Oui, mais n'empêche, j'ai encore un petit creux, moi. Ces grandes tables, c'est très beau, mais les assiettes ne sont pas très garnies. On dirait qu'ils préparent des plats pour les manne-quins anorexiques. Que diriez-vous d'aller ter-miner ça au *Montréal Pool Room*, le roi du hot-dog et de la frite graisseuse ? propose l'inspecteur.

— Pourquoi pas ! répond Élisabeth. La soirée est encore jeune.

— Comme moi, ajoute l'inspecteur.

— Oui, mais pas tant que ça…

— Merci pour le compliment…

— Pas de quoi !

Bras dessus bras dessous, pour ne pas
tomber sur la glace vive des trottoirs, les deux
tourtereaux s'en vont clopin-clopant… en espérant que la moutarde de leurs hot-dogs ne
leur montera pas au nez et que les saucisses ne
seront pas empoisonnées.

— En tout cas, déclare l'inspecteur, si personne ne nous le dit, ça ne nous empêche pas
de le penser tout haut. Nous avons été très
performants dans cette enquête et beaucoup
plus rapides que dans la série 24 *heures chrono*.

— Excellents même !

— Je dirais même plus, exceptionnellement
bons. Et à cette vitesse-là, on peut affirmer que
nous faisons économiser les contribuables.
C'est l'État qui va être content !

— Ef-fec-ti-ve-ment. Mais ce que nous faisons là, n'est-ce pas de la survalorisation de
l'estime de soi par le renforcement ultrapositif
d'une situation banale...

— … telle que décrite dans l'Énoncé politique du ministère de l'Éducation article 7,
chapitre 9, paragraphe B, visant à contrer le
décrochage scolaire rebaptisé *Stragégies pour*

augmenter la persévérance scolaire chez nos élèves
potentiellement décrocheurs ?

— Peut-être...

— Sans doute, mais ça fait du bien et ça ne coûte pas cher. Et on peut ajouter que nos compétences transversales n'ont pas été mises à trop rude épreuve.

En ouvrant la porte du *Montréal Pool Room*, l'inspecteur regarde le cuisinier. Il ressemble comme deux gouttes d'eau à Paul Armstrong, le maître d'hôtel de *Chez Boqué*. Ô stupéfaction ! De deux choses l'une : c'est son frère jumeau ou bien Armstrong va arrondir ses fins de nuit dans un resto populaire.

Ciel, un autre mystère...

Faim*

---

* — Ouais, mais ils ont oublié la voiture au valet parking, vieil écrivain étourdi !

— Je sais, je sais, mais ce sont là des choses qui arrivent, croyez-moi. Et terminer par une note en bas de page, c'est finir fort !

À propos de...

« Et pourtant elle tourne... » comme le disait si bien Galilée (Galileo Galilei 1564-1642) aux juges de l'Inquisition en parlant de la Terre qui tourne autour du Soleil. Mais personne ne le croyait et il a dû abjurer.

C'est aussi ce que je me plaisais à dire et à redire AD NAUSÉAM (c'est du latin, ah !) aux représentants de Diffusion du livre Mirabel (Denise et Suzanne) au moment de la création de la collection Novella qui proposait de courtes nouvelles de 64 pages maximum pour un prix dérisoire de 6,95 $. J'avais recruté, pour partager l'aventure, deux écrivains de grand talent : Jacques Lazure pour R.I.P, et Jocelyn Boisvert avec PERSONNE NE VOIT CLAIRE. Et pour ma part, j'y allais modestement avec UN CADAVRE AU DESSERT que je vous ai resservi ici.

J'avais comme argument massue le fait que l'on étudie la nouvelle en 4e secondaire, donc un bon coup de marketing à faire.

Eh bien ! je me suis trompé sur toute la ligne. Ce fut un vrai four, une aventure digne du Titanic. Les ventes ont été catastrophiques. Mais heureusement, produire un livre coûte peu comparativement à un film. Les dégâts financiers sont minces... même chose pour l'ego.

Et pourtant, nous allons récidiver, en 2014, avec Johanne Mercier et sa nouvelle LA MACHINE À MESURER L'AMOUR, et je m'abstiendrai de dire : « Et pourtant elle tourne ! » Le silence est d'or.

Un cadavre au dessert, collection novella, Soulières éditeur, 2009. Il en reste encore !

Le mot de la fin
enfin, ce n'est pas trop tôt !

...mais comme vous avez sauté l'avant-propos et deux-trois nouvelles, vous n'avez pas de quoi vous plaindre. Et ne craignez rien, je ne vous résumerai pas ici les notes au sujet des nouvelles que vous avez également sautées trois fois sur quatre. Tut, tut, tut ! je vous connais et je ne suis pas né de la dernière pluie.

Avant de passer à la dernière chose, parlons de l'avant-dernière chose dont je voulais vous parler : Jeune, en regardant la télé, et en voyant les Beatles adulés, riches et célèbres, je disais haut et fort : *C'est ça que je veux faire ! C'est ça que je veux faire !* Bref, une bonne leçon à vous, chers parents : n'écoutez pas vos enfants, ce n'est pas nécessaire, et c'est souvent peine perdue.

Tout compte fait, j'ai raté ma vie, comme vous pouvez le constater et je suis devenu écrivain pour la jeunesse. Mais bon, il y a pire, vous direz... et je ne vous donnerai pas plus de précisions.

 Mais, au final, c'est plutôt la photo à gauche, ici, dont je veux vous causer. Vous qui me suivez sur Facebook, dans les salons du livre, à la télé (?) et sur la rue aussi et c'est là que vous vous êtes écriés :

— C'est lui ! C'est lui, j'te dis !

J'ai entendu cette phrase des milliers de fois derrière mon dos. Car je sais qu'il y en a qui parlent dans mon dos...

— C'est lui !

— Non, il ressemble trop à Dany Laferrière.

— Non, Laferrière est beaucoup plus noir.

— C'est Marie Laberge alors...

— Non, il a moins de cheveux que ça !

— Puisque je te le dis ! En tout cas, je mettrais ma main au feu que ce n'est pas Patrick Senécal !

❋

Alors, pour couper court aux chicanes, aux bisbilles de gamines et aux tergiversations puériles, je publie ici ma photo vue de dos.

En me croisant sur la rue, vous n'avez pas le temps de détailler mon joli visage d'intello à lunettes et d'y mettre un nom, d'autant plus que vous avez les yeux baissés 9 fois sur 10 sur votre iMachin pour texter avec vos deux pouces ou pour regarder je ne sais plus quoi... Mais une fois que je vous aurai dépassé, vous pourrez vous retourner mine de rien et mettre fin au mystère grâce à cette photo ! Oui, aucun doute possible, c'est bien moi (ou c'est bien lui, on se comprend !).

Non, mais qu'est-ce qu'on ne ferait pas pour combler les attentes et les désirs de ses millions de fans, je vous le demande.

Photo à découper donc et à mettre dans la poche de votre jeans.

Non, ne me remerciez pas !

Table des nouvelles

Illustration : Caroline Merola

Un cadavre de luxe, roman, Soulières éditeur, 1999, 4e position au Palmarès de Communication-Jeunesse.

Un cadavre stupéfiant, roman, Soulières éditeur, 2002, 3e position au Palmarès de Communication-Jeunesse. Grand Prix du livre de la Montérégie 2003.

L'épingle de la reine, roman, Soulières éditeur, 2004.

Tristan Demers, un enfant de la bulle, biographie écrite en collaboration avec Tristan Demers, éditions Mille-Îles, 2004.

Ding, dong ! 77 fantaisies littéraires à la saveur Queneau (2005), édition revue et augmentée à 97 fantaisies littéraires, 2013, Sélection White Ravens 2006.

Un cadavre au dessert, coll. novella, Soulières éditeur, 2009.

Ma famille ! l'abécédaire de la famille moderne illustré par 13 illustratrices et 13 illustrateurs, Soulières éditeur, 2011.

Tu demandais de mes nouvelles, nouvelle in *Neuf nouvelles et une moins bonne, à vous de trouver laquelle*, éditions de la Bagnole, 2012.

GARANT DES FORÊTS INTACTES

Ce livre a été imprimé sur du papier Sylva enviro
100 % recyclé, traité sans chlore, accrédité Éco-Logo
et fait à partir d'énergie biogaz.

Achevé d'imprimer
à Montmagny (Québec)
sur les presses de Marquis Imprimeur
en janvier 2014